比较文学视阈下的
哈罗德·布鲁姆影响诗学研究

翟乃海 著

山东文艺出版社

图书在版编目（CIP）数据

比较文学视阈下的哈罗德·布鲁姆影响诗学研究 / 翟乃海著． —济南：山东文艺出版社，2020.9
ISBN 978-7-5329-6089-7

Ⅰ．①比… Ⅱ．①翟… Ⅲ．①布鲁姆（Bloom, Harold 1930-2019）—诗学—研究 Ⅳ．①I052

中国版本图书馆CIP数据核字（2020）第194978号

比较文学视阈下的哈罗德·布鲁姆影响诗学研究
翟乃海 著

主管单位	山东出版传媒股份有限公司
出版发行	山东文艺出版社
社　　址	山东省济南市英雄山路189号
邮　　编	250002
网　　址	www.sdwypress.com

读者服务　0531-82098776（总编室）
　　　　　0531-82098775（市场营销部）
电子邮箱　sdwy@sdpress.com.cn

印　　刷	山东泰安新华印务有限责任公司
开　　本	890毫米×1240毫米　1/32
印　　张	6.5
字　　数	163千
版　　次	2020年9月第1版
印　　次	2020年9月第1次印刷
书　　号	ISBN 978-7-5329-6089-7
定　　价	49.00元

版权专有，侵权必究。如有图书质量问题，请与出版社联系调换。

目　录

第一章
作为比较文学家的哈罗德·布鲁姆 /1

第一节　布鲁姆的学术生涯……………………………………3
第二节　布鲁姆的比较文学情缘………………………………11

第二章
影响研究与"影响的焦虑" /17

第一节　比较文学中的影响与渊源……………………………19
　　一、法国学派的影响研究……………………………………20

二、美国平行学派的影响观念……………………………25
第二节　布鲁姆的影响诗学…………………………………34
　　一、影响的焦虑………………………………………35
　　二、影响的剖析——对自我的影响和影响的泛化……45
　　三、后现代语境中的影响研究………………………48
第三节　影响研究与影响焦虑的相互阐发…………………55

第三章
变异研究与布鲁姆的误读论 /65

第一节　变异学与误读论……………………………………67
第二节　接受学与误读论……………………………………72
　　一、比较文学中的接受学……………………………73
　　二、布鲁姆的新阅读论………………………………77
第三节　译介学与误读论……………………………………90
　　一、译介学的产生与翻译观念的泛化………………91
　　二、布鲁姆的误读论与翻译…………………………97

第四章
比较文学与布鲁姆跨学科研究 /103

第一节　比较文学与布鲁姆的跨学科研究………………105

一、作为比较文学理论和方法的跨学科研究……………106
　　二、布鲁姆的跨学科研究……………………………………112
 第二节　文学与宗教文本………………………………………117
　　一、文学与宗教的比较基础…………………………………118
　　二、文学与宗教跨学科研究的内容…………………………121
　　三、布鲁姆的宗教文学批评…………………………………125
　　四、布鲁姆宗教文学批评的性质……………………………133
 第三节　文学与心理分析………………………………………140
　　一、文学与心理学的互相阐发………………………………140
　　二、布鲁姆与弗洛伊德的心理分析…………………………147
　　三、弗洛伊德的心理分析与文学……………………………157
 第四节　文学与哲学……………………………………………161
　　一、文学与哲学的共生状态…………………………………161
　　二、维柯与文学………………………………………………166
　　三、柏拉图与文学……………………………………………169
　　四、文学与其他学科的比较研究……………………………172

参考文献 /179

第一章

作为比较文学家的哈罗德·布鲁姆

第一节　布鲁姆的学术生涯

哈罗德·布鲁姆是美国当代最著名和最具影响力的批评家、理论家之一。他与保罗·德曼、杰弗里·哈特曼、希利斯·米勒等人在耶鲁大学共事，在学术上一度与德里达同声相应、同气相求，被人们戏称为"耶鲁四人帮"。他的影响力和声名与其说来自耶鲁学派，不如说源于其理论的特立独行。他二十世纪七十年代首倡"影响误读"理论，并不断补充完善，"影响的焦虑""误读""经典"等理论在当代文学批评实践中被广为应用，成为不可或缺的术语，正如有学者指出,"他既著名又声名狼藉的'影响的焦虑'理论在从《变音符号》(*Diacritics*)到《新共和》到《泰晤士报文学副刊》等学术期刊中时隐时现,难以回避。"①布鲁姆的声誉和影响也源于数量众多的著述,他在超过半个世纪的理论生涯中,出版了三十余部著作,并为切尔西出版社(Chelsea House)"西方文学经典系列"五百部作品撰写序言,主编了多部诺顿文学选集。近二十年来,布鲁姆的每一部新作都引起广泛关注和激烈评论,如《J之书》《西方正典》《莎士比亚——人的创造》等不仅在学术界,在普通读者那里也引起巨大反响,其影响远远超出了学术界。《纽约时报书评》在评论布鲁姆的2011年新作《影响的解剖》时,不无敬意地说:"布鲁姆出身贫寒,但现在取得了对一个文学批评家来说从未有过的声誉(almost unheard-of celebrity)"②,颇有实现了"美国梦"的意味。

---

① David Fite, *Harold Bloom*: *The Rhetoric of Romantic Vision*, Amherst: The University of Massachusetts Press, 1985, p.4.
② http://www.nytimes.com/2011/05/22/books/review/book-review-the-anatomy-of-influence-by-harold-bloom.html?pagewanted=1&nl=books&emc=booksupdateema2

第一章 作为比较文学家的哈罗德·布鲁姆

哈罗德·布鲁姆于1930年出生于纽约市布朗克斯区一个贫穷的犹太人家庭，父亲威廉·布鲁姆（William Bloom）和母亲葆拉·勒夫（Paula Lev）都是来自俄国的犹太移民。布鲁姆在其2011年的新著《影响的解剖》中回忆其童年的家庭生活时写道："我记得我父亲是个沉默寡言、拘谨的人，大萧条使他和其他制衣工人一样失业了，但1933年他在我三岁生日时买了玩具剪刀。当时我收到礼物时忧伤地哭了，现在写到这里也让我几欲泪流。"①但他自小聪慧过人、记忆超群，同时又酷爱读书，常跟随姐姐到当地图书馆借书。他十一岁时读到了美国著名诗人哈特·克莱恩的诗，被深深吸引，十二岁时读到了英国浪漫主义诗人威廉·布莱克的诗，以后逐渐读到了麦尔维尔、莎士比亚、雪莱、狄更斯等作家的作品，并且几十年后仍然能逐字逐句背诵诗歌②。在漫长的职业生涯中，他在众多著述中引用这些作家的作品时完全凭记忆，从不标明出处，既体现其反传统的写

---

① Harold Bloom, *The Anatomy of Influence*, New Haven: Yale University Press, 2011, p.23.
② Robert Moynihan, *A Recent Imagining*, Hamden: Archon Book, 1986, pp.3–4.

作风格，也展现了惊人的记忆力。布鲁姆于1947年获得美国教育部奖学金进入康奈尔大学学习，师从研究浪漫主义的美国著名学者艾布拉姆斯。1951年毕业后进入耶鲁大学进行研究生阶段的学习，他学习期间表现优异，于1954—1955年作为富布莱特学者在剑桥大学学习。他仅用四年时间于1955年获得博士学位，这在以要求异常严格而闻名的耶鲁大学是极为罕见的。自1955年起，他除短暂离开去讲学或访问外，一直在耶鲁大学任教，但于1977年从耶鲁大学英文系转到耶鲁大学人文中心，现为耶鲁大学斯特林人文学教授（Sterling Professor of the Humanities）。布鲁姆于1958年与珍妮·古德（Jeanne Gould）结婚，育有丹尼尔和大卫两子。

　　布鲁姆在长达半个世纪的学术生涯中，著作等身，硕果累累，但学术重点并非一以贯之，而历经变化，一般可以分为三个时期：第一阶段为重估浪漫主义时期。新批评在英美批评界盛行三十年之久，对英国浪漫主义诗人极力贬低。二十世纪五六十年代，新批评的理论和方法逐渐受到质疑和批评，布鲁姆早期的著作就是在质疑和摆脱新批评的背景下问世的。《雪莱的神话创造》（1959）、《幻想的伴侣》

(1961)、《布莱克的启示》(1963)和论文集《塔内鸣钟人》(1971)等都是重估浪漫主义的著作,布鲁姆主编的《浪漫主义与意识》(1970)集中了这一时期主要浪漫主义学者的研究成果。布鲁姆在这一时期极力赞扬布莱克和雪莱,认为他们诗歌中的神话、预言、幻想等因素重新为自然宇宙赋予形式,通过理想化的方式使人类获得拯救,同时他对华兹华斯主张人与自然融合统一不以为然,认为他的观点消融了人的主体性。布鲁姆在《叶芝》(1970)一书中对叶芝的诗歌进行了重新评价。他断言叶芝并非现代主义诗人,而是浪漫主义诗人,叶芝早期受雪莱影响写成的诗歌要优于后期的诗歌。《叶芝》一书论证了雪莱等浪漫主义诗人对叶芝的影响和叶芝面对这些影响的焦虑,预示着"影响误读"理论阶段的到来。第二阶段为二十世纪七十年代的"影响误读"阶段。布鲁姆在这一时期重新界定了文学理论中的古老概念"影响"。布鲁姆认为:"影响"对于志在取得成就的诗人和作家是一种负担,而非一笔丰富的遗产和可资利用的宝贵财富。诗歌中的新人(ephebe)因为总是出生在一个漫长的文学传统中,文学中的想象空间都被前辈利用殆尽,他们为摆脱迟来之感（belatedness），建立自己的身份，形成自己的独特风格，就需要重演弗洛伊德的"家庭罗曼史"，通过复杂的修正过程误读前辈诗人，杀死自己的文学父辈而成就自我。这是《影响的焦虑》（1973）与《误读之图》（1975）的中心论点。《卡巴拉与批评》（1975）、《诗歌与压抑——从布莱克到史蒂文斯的修正主义》（1976）、《竞争——走向一种修正主义理论》（1982）等著作在其影响误读理论中加入了犹太教密宗卡巴拉与基督教异端诺斯替主义的思维方法。《华莱士·史蒂文斯》（1977）把影响误读理论应用到美国文学中。《能够想象的人物》（1976）、论文集《破碎的容器》（1982）、《影响诗学》（1988）和不太成功的小说《飞向路西弗》（1979）都是影响误读理论的发展和实际应用。《批评与解构》（1979）是布鲁姆编辑的论文集，包含耶鲁学派主要人物德里达、德曼、希利斯·米勒、哈特曼等人的论文。最后一个阶段，笔者称之为大众阅读批评阶段，这一阶段始于二十世纪八十年代末九十年代初，一直延伸到现在。布鲁姆在这一阶段逐渐放弃了前期晦涩难懂的术语，为受过一定教育的普通读者而非专业的批评家而写作。这一时期布鲁姆的著作包括把宗教文本作为文学作品解读的《J之书》(1990)、《美国宗教》(1992)、《千禧年的预兆》(1996)、《耶稣和亚卫》(2005)等；也包括对文学经典的解读，如《毁灭神圣的真理》(1989)、《西方正典》(1994)、《莎士比亚——人的创造》(1998)、《如何读，为什么读》(2000)、《所有时代聪明的孩子要读的故事和诗歌》(2001)、《天才》(2002)、《哈姆雷特——无尽的诗》(2003)、《智慧何处寻》(2004)、《影响的解剖》(2011)等。

　　布鲁姆的学术生涯十分漫长，在不同时期他关注的侧重点也有所不同，但是他的人生和著作中有一点是不变的，即独立的、个人主义的、反主流的对抗姿态。布鲁姆的盛名与其独特的个性魅力是分不开的。他旗帜鲜明反传统的姿态使其与文学批评圈中刻板的学者形成了鲜明对比，其特立独行的姿态在其著述中得到鲜明展现，如他的论文与著作不标明出处，不使用注释，引用完全依靠记忆；他写作往往是即兴而为，不管是在聚会中，在餐桌上，还是噩梦醒来后要依赖一时的灵感，据说《幻想的伴侣》是在餐桌上写成的，其代表作《影响的焦虑》就是噩梦后用一天半写成的。在电脑已经渗入我们生活方方面面的今天，布鲁姆仍然坚持手写书稿，并拒绝编辑在出版时做出任何修改。在学术上，他二十世纪六十年代与新批评派争吵，七十年代与德里达争吵，八九十年代与后殖民主义、女性批评、文化唯物主义、新历史主义等政治性批评流派争吵，而进入二十一世纪以来又和以"哈利·波特"、史蒂芬·金为代表的大众通俗文学争吵。这些激烈的对抗姿态是他独具特色的、原创的文学理论的写照，贯穿于数量众多的理论著作中。

第二节 布鲁姆的比较文学情缘

布鲁姆作为耶鲁解构批评学派的一员主将,和德曼、希利斯·米勒、哈特曼等人一样,不仅受到德里达解构哲学的影响,而且研究的对象极其广泛,同时活跃在英美文学和比较文学两个领域,"他们的著作所涉及的研究范围不仅超越了国别和语言的界限,同时也超越了学科和艺术门类的界限,具有很强的学术价值和理论意义,因此也将给国内的比较文学研究带来新的启示。"①从其长达六十年的批评生涯来看,布鲁姆与比较文学的交集和情缘主要表现在以下几个方面。

第一,布鲁姆主编了切尔西出版社策划的文学经典丛书,并为这些文学经典撰写序言。这套丛书多达500部,涵盖了欧美各个国家的经典作家作品和各种文学种类,并分析了它们之间存在的相互影响关系。正如他在《西方正典》中所说,"我实际上是在论述代表各个民族之经典的人物:英国的乔叟、莎士比亚、弥尔顿、华兹华斯和狄更斯;法国的蒙田和莫里哀;意大利的但丁;西班牙的塞万提斯;俄国的托尔斯泰;德国的歌德;西班牙语美洲的博尔赫斯和聂鲁达;美国的惠特曼和狄金森。主要剧作家是莎士比亚、莫里哀、易卜生和贝克特;主要小说家是奥斯汀、狄更斯、乔治·艾略特、托尔斯泰、普鲁斯特、乔伊斯和伍尔夫。"②因此,解释西方世界中文学之间的联系和变异就成了他文学批评中的

---

① 王宁:《耶鲁批评家对中国当代文学批评的启示》,载《中国图书评论》,2008年第11期,第94—95页。
② 哈罗德·布鲁姆:《西方正典》,江宁康译,南京:译林出版社,2011年,第2页。

重要组成部分,其批评中有很大一部分是比较文学研究。

第二,布鲁姆提出的"影响误读"理论与比较文学中"影响研究""变异研究"产生了共鸣。布鲁姆的文学理论与批评半个世纪以来看似数次转换重心,但其核心概念范畴仍然没有离开"影响"一词。布鲁姆年逾八旬之时说:"我关注影响问题超过了五十年"[①],他在《影响的焦虑》(1973)、《影响诗学》(1988)、《影响的解剖》(2011)等代表作中一再提及"影响",也清楚表明了这一点。同时,他二十世纪七十年代在其"影响误读四部曲"——《影响的焦虑》《误读之图》《卡巴拉与批评》《诗歌与压抑——从布莱克到史蒂文斯的修正主义》中完善了"误读"理论,深入探究了英美文学中晚辈作家对前辈作家的挪用、修正和变形。正是在这个意义上,布鲁姆的"影响误读"论与比较文学变异学研究产生了交集。

第三,布鲁姆的文学批评颇有些前现代人文批评的色彩,超越了现代学科的限制,是一种百科全书式的跨学

---

① Harold Bloom, *The Anatomy of Influence*, New Haven: Yale University Press, 2011, p.29.

科研究。例如，他二十世纪九十年代以来陆续出版了《J之书》(The Book of J, 1990)、《美国宗教》(The American Religion, 1992)、《千禧年的预兆》(Omen of Millennium, 1996)、《智慧何处寻》(Where Shall Wisdom Be Found?, 2004)、《耶稣和亚卫》(Jesus and Yahweh, 2005)等宗教批评著作，深入分析文学与宗教经典之间的关联和差异。同时，他对弗洛伊德的心理分析具有深入研究，弗洛伊德对他的影响是断不可忽视的，正如布鲁姆承认，"就我所能辨识的，本书（指《影响的焦虑》——引者注）提出的关于影响的理论所受到的主要影响乃是尼采和弗洛伊德。"[①]布鲁姆在其主要著作（如《影响的焦虑》《误读之图》及《竞争——走向一种修正主义理论》等）中每每论及弗洛伊德。除散见于论述中的讨论与引证外，也有专章论及弗洛伊德，他对弗洛伊德理论的偏爱可见一斑，布鲁姆对作为自己理论前驱的弗洛伊德确有一种"弗洛伊德情结"。布鲁姆百科全书式的批评在很多方面回应了雷马克比较文学跨学科研究的呼吁，

---

① 哈罗德·布鲁姆：《影响的焦虑》，徐文博译，北京：生活·读书·新知三联书店，1989年，第7页。

"在美国占统治地位的比较文学观念在大体上一直包括'比较艺术'研究或与这类研究紧密相关,它甚至还和文学与科学、文学与心理学、文学与政治、文学与宗教等课题联系在一起……这些通过类比和对照进行的比较也一定会生动地显示出上述各领域特殊的本质和作用。"[①]

上面阐述的几个方面使布鲁姆成为一个真正的比较文学家。然而,布鲁姆的影响论、误读论和跨学科研究与比较文学产生交集的同时,也展现出自身独特的气质。本书正是通过比较布鲁姆和比较文学理论中的有关概念、方法,揭示布鲁姆文学批评的独特贡献、不足,以及为比较文学理论带来的启示。

[①] 亨利·雷马克:《比较文学的法国学派和美国学派》,见《比较文学研究资料》,北京师范大学中文系比较文学研究组选编,北京:北京师范大学出版社,1986年,第73页。

第二章
影响研究与"影响的焦虑"

影响问题是比较文学中重要的研究对象，影响研究迄今仍然是比较文学研究最重要的方法之一。同时，布鲁姆的文学理论与批评半个世纪以来看似数次转换重心，但其核心概念范畴仍然没有离开"影响"一词，他在《影响的焦虑》（1973）、《影响诗学》（1988）、《影响的解剖》（2011）等代表作中一再提及"影响"，也清楚表明了这一点。因此，把布鲁姆的影响论与比较文学中的影响研究加以对比，有助于实现两者的互相阐发。

第二章　影响研究与"影响的焦虑"

第一节　比较文学中的影响与渊源

影响研究是比较文学最传统的研究方式,它以文学的发送者和接受者之间的影响与被影响的关系作为研究对象。十九世纪初至二十世纪上半叶,法国的巴登斯贝格、梵·第根(旧译提格亨)、伽列、基亚等比较文学学者把影响研究变成了比较文学研究的中心范式,但二十世纪五十年代以后,美国的韦勒克、约瑟夫·T. 肖、安娜·巴拉金等人在批评影响研究的基础上,对影响进行了反思和重构。从学科史的角度看,影响研究经历了从实证性的国际文学关系史研究到关注影响关系中美学因素和心理学因素的转变。

一、法国学派的影响研究

影响是一个十分重要且复杂的概念,它一般指一部作品与另一部作品、一部作品与文学传统之间的关系。具体而言,它意指不同国别作品,或者当代作品和已有作品之间的相似关系、因果关系(生成或者超越)。从词源上看,"影响"(influence)一词来源于拉丁词"influentia",由动词influere衍化而来,意为"天体流溢对人类的辐射"(emanation of ethereal fluid from heavens affecting mankind)[①]。在英语文学中,影响研究最早可以追溯到十八世纪,当时几乎所有著名的评论家都是牧师和神学家,他们试图寻找《旧约》与《新约》中的类同和平行之处,影响研究在考证《圣经》的过程中自然而然产生了。诗歌和拉丁文经典之间的密切关系也刺激了影响研究的出现,诗人们

---

① T.F.哈德:《牛津英语词源词典》,上海:上海外语教育出版社,2000年,第235页。

经常在脚注中指出自己的诗歌与文学经典段落的平行或相似之处。

应该说,法国比较文学的创立者们开创了影响研究的滥觞。法国学派的影响研究注重考察不同国别、语言、民族之间的"事实联系"和影响的传播途径、路线,从而为此后的影响研究奠定了基础。梵·第根说:"我们可以首先去考察那穿过文学界线的经过路线的起点:作家、著作、思想。这便是人们所谓'放送者'。其次是到达点:某一作家、某一作品或某一页,某一思想或某一情感。这便是人们所谓'接受者'。可是那经过路线往往是由一个媒介者沟通的:个人或集团,原文的翻译或模仿。这便是人们所谓'传递者'。"[①]

因此,根据梵·第根的界定,比较文学研究者们对这个"经过路线"进行了进一步细化,把它分成了三种研究方法,即流传学、渊源学和媒介学。流传学研究立足于"放送者",去探讨一国文学或文学流派、文学思潮,或作家、作品在外国的命运和成就,"研究一件作品、一位作家、一种

[①] 梵·第根:《比较文学论》,戴望舒译,上海:商务印书馆,1937年,第60页。

文体、一种国别文学在外国的'成功'、它们在那儿所生的'影响',以及在那儿以它们为模范的各种模仿。"①渊源学是影响研究的另一个重要方法。它站在"接受者"的立场,去追溯一部作品、一个作家、一国文学或一种文学潮流所接受的外来"影响",如《简明牛津词典》对"影响"一词的定义,认为影响只有在其效果或结果中被察觉。梵·第根指出:"我们已不复置身于出发点上,却置身于到达点上。这时所提出的问题便是如此,探讨某一作家的这个思想、这个主题、这个作风、这个艺术形式的来源,我们给这个研究定名为'渊源学'。"②媒介学研究则认为,在两种或两种以上的文学联系中,从"放送者"到"接受者"往往是由媒介来沟通的,因此媒介学是对"传递者"的研究,它可以是个人媒介、社会环境媒介,也可以是物质媒介,其中包括翻译作品、翻译者,评论文献与报章杂志,旅游与观光客等等。

文学的跨国影响主要有以下几种形式:一个作家对他国某一作家的影响,也有对他国多个作家的影响;一个流派或

---

① 梵·第根:《比较文学论》,戴望舒译,上海:商务印书馆,1937年,第64页。
② 梵·第根:《比较文学论》,戴望舒译,上海:商务印书馆,1937年,第170页。

运动对他国作家的影响，或一个流派对外国流派的影响。

法国学派的影响研究以事实联系为基础，从根本说是实证性的。影响研究受到十九世纪实证主义哲学的深刻影响。以法国哲学家孔德为代表的实证主义哲学认为，一切事物的本质都源于实证。实证主义哲学的尊重事实和擅长运用比较的特点为影响研究奠定了理论基础，实证性因此成为影响研究的本质特征。梵·第根认为，比较这两个字应该摆脱全部美学的含义，而取得一个科学的含义。根据这一宗旨，他在考察两部不同语言的作品的异同时，侧重于发现一种影响和假借。目的就在于刻画出这些影响和假借的"经过路线"。起点是放送者，到达点是接受者，中间由一个媒介沟通，成为传递者。研究者如果考察"经过路线"本身，那就要收集尽可能多的材料，这些材料的共同因素就是"文学的假借性"，人们假借得最多的是文体和风格，形式和内容，题材和主题，典型和传说，思想和感情。如果置身在放送者的观点上，他可以研究作家、作品、文体或一国文学在外国的"成功"、所产生的影响，以及以它们为模范的各种模仿。如果置身在接受者的观点上，那就去探讨作家和作品的源流，包括口传源流、笔述源流和思想源流。"媒介"即传递者，可以是个人，像斯达尔夫人和屠格涅夫分别把德国和俄国文学介绍给法国；也可以是团体，像文学社团、沙龙、宫廷之传布外国文学；也可以是评论文、报刊、译本和译者等。总之，"影响研究，包括它的范围、内容和方法，经过提格亨的总结和系统阐述，已经成为早期法国学派的中心研究课题。"[①]伽列在为其学生基亚的《比较文学》(1951)一书所写的前言中说：比较文学是文学史的分支；它研究国际性的精神联系，研究拜伦与普希金、歌德与卡莱尔、司各特与维尼之间的事实联系，研究不同文学的作家之间在作品、灵感，甚至生活方面的事实联系。[②]此类影响研究借鉴社会学、历史学、统计学等实证主义的方法，着力探究这些作品和它们的环境、氛围、作者、读者、评论者、出版者及其周围情况的种种关系，以追求文学中确定的影响事实为宗旨。从本质上说，影响研究是一种文学社会学研究，"指向了文学

[①] 干永昌等：《比较文学研究译文集》，上海：上海译文出版社，1985年，第10页。
[②] J-M·伽列：《〈比较文学〉初版序言》，见《比较文学研究资料》，北京师范大学中文系比较文学研究组选编，北京：北京师范大学出版社，1986年，第43页。

的社会学和文学的心理学范畴"①，对文学的内在机制缺乏足够重视。

二、美国平行学派的影响观念

以韦勒克为代表的美国平行研究，是以影响研究的反对者面貌示人的。他们反对法国影响研究的实证主义方法，倡导用文学批评和美学的方法来分析文学的"文学性"。

在韦勒克看来，如果把比较文学的研究对象限定在对相互影响的文学外部事实的研究，就会把比较文学变成研究社会、国家交往和文化联系等外部因素的学科。韦勒克指出："很多在文学研究方面，特别是比较文学研究方面的著名人物，根本不是真正对文学感兴趣，而是热衷于研究公众舆论史、旅游报道和民族特点的见解。总之，对一般文化史感兴趣。文学研究这个概念被他们扩大到竟与整个人类史等同起来了。就方法论而言，文学研究如不下决心将文学作为有

---

① 乌尔利希·韦斯坦因：《比较文学与文学理论》，刘象愚译，沈阳：辽宁人民出版社，1987年，第47页。

别于人类其他活动及产物的学科来研究,就不可能有什么进展。为此我们必须正视'文学性(literariness)'这个问题,它是美学的中心问题,是文学和艺术的本质。"[1]在韦勒克看来,比较文学就是从国际主义角度把世界文学作为一个整体进行研究,其目的是为了揭示文学的审美特性。韦勒克在他与沃伦合著的《文学理论》中,从文学作品的存在方式研究出发,把文学研究区分为内部研究和外部研究两种。所谓的"内部研究"是指,研究文学作品在声音层面、意义层面、世界层面的内在因素以及审美特征,文学的内部研究把文学作品看成"是一个为某种特别的审美目的服务的完整的符号体系或者符号结构。"[2]从这个标准来衡量,法国学派的影响研究是一种对文学的"外部研究",没有触及文学研究的实质,"真正的文学研究所关心的不是毫无生气的事实,而是标准和质量。"[3]因此,比较文学研究虽然是跨越语言、民族、国界的研究,但是不应该忽视文学内部的美学结构研

---

[1] 干永昌等:《比较文学研究译文集》,上海:上海译文出版社,1985年,第133页。
[2] 勒内·韦勒克、奥斯汀·沃伦:《文学理论》,刘象愚等译,杭州:浙江人民出版社,2017年,第131页。
[3] 干永昌等:《比较文学研究译文集》,上海:上海译文出版社,1985年,第131页。

究。亨利·雷马克同样对法国影响研究中的"科学主义"不满,认为"法国比较文学否定'纯粹'的比较,它忠实于19世纪实证主义学术研究的传统,即实证主义所坚持的并热切期望的文学研究的'科学性'。按照这种观点,纯粹的类比不会得出任何结论,尤其是不能得出有更大意义的、系统的、概括性的结论。……既然值得尊重的科学又必须致力于因果关系的探索,而比较文学又必须具有科学性,因此,比较文学应该研究因果关系,即影响、交流、变更等。"[①]

针对法国影响研究的弊端,美国比较文学家提出了自己对文学影响的看法,其中约瑟夫·T.肖的"影响即文学借鉴"的观点广为人知,他指出:"一位作家和他的艺术作品,如果显示出某种外来的效果,而这种效果又是他的本国文学传统和他本人的发展无法解释的,那么,我们可以说这位作家受到了外国作家的影响。影响与模仿不同,被影响的作家的作品基本上是他本人的。影响并不局限于具体的细节、意象、借用、甚或出源——当然,这些都包括在内——而是一

[①] 雷马克:《比较文学的法国学派和美国学派》,见《比较文学研究资料》,北京师范大学中文系比较文学研究组选编,北京:北京师范大学出版社,1986年,第67—68页。

种渗透在艺术作品之中,成为艺术作品有机的组成部分,并通过艺术作品再现出来的东西。……一个作家所受的文学影响,最终将渗透到他的文学作品之中,成为作品的有机部分,从而决定他们的作品的基本灵感和艺术表现,如果没有这种影响,这种灵感和艺术表现就不会以这样的形式出现,或者不会在作家的这个发展阶段上出现。"[①]有意义的影响不一定是外在的,"必须以内在的形式在文学作品内表现出来,它可以表现在文体、意象、人物形象、主题、或独特的手法风格上,它也可以表现在具体作品所反映出的内容、思想、意念或总的世界观上。"[②]但是肖并没有也不可能完全放弃对影响来源的审慎考察,他说:"列出令人信服的作品之外的证据来说明被影响的作家可能受产生影响作家的影响,是完全必要的。为此,各种文献记载、引语、同代人的见证和作者的阅读书目等都必须加以运用。可是,最基本的证明又必须在作品的本身。具体的借用是否表现为影响,取决于它们在

---

① 约瑟夫·T. 肖:《文学借鉴与比较文学研究》,见《比较文学译文选》,刘介民编,长沙:湖南人民出版社,1984年,第270页。
② 约瑟夫·T. 肖:《文学借鉴与比较文学研究》,见《比较文学译文选》,刘介民编,长沙:湖南人民出版社,1984年,第271页。

新作中的作用和重要程度……"①大冢幸男也指出，影响应该聚焦于一个作家的创作过程，或者一部作品对另外一部作品的催生作用，"所谓特定含义上的'影响'，我们可以下这样的定义，即为：一部作品所具有的由它而产生出另一部作品的那种微妙、神秘的过程……一言以蔽之，所谓特定含义上——严格意义上的'影响'，便是一种'创造的刺激'。"②但是，跨语言、国界、民族的影响研究应该以事实性内容为基础，具体而言，要从六个方面捕捉文学间的影响：熟读作品；检索作家日记、创作手记和备忘录等第一手资料；研究作家一生中所阅读的书目；研究作家的朋友、社交关系，给亲朋好友的信件；研究作家出国旅行的游记；研究作家生活时代进口的外国原版书籍等。

因此，从这个意义上看，美国平行学派同样重视影响的作用，只不过他们对研究的重点和方法进行了调整。他们突出"接受者"一端，即认为"注意力的重心应该放在借用或

---

① 约瑟夫·T.肖:《文学借鉴与比较文学研究》，见《比较文学译文选》，刘介民编，长沙：湖南人民出版社，1984年，第271页。
② 大冢幸男:《比较文学原理》，陈秋峰、杨国华译，西安：陕西人民出版社，1985年，第31页。

受影响的作家所吸收的东西干了些什么,对完成的文学作品又产生了什么效果。"①同时,淡化了而非完全排斥对作为经过路线的媒介和流传学的研究。

美国比较文学学者对文学间的影响进行研究时,非常注重把文学影响与一些相近的概念区分开来,把影响研究的重点放到作品和作者的创作过程中来。韦斯坦因说:"'影响'(influence)应该用来指已经完成的文学作品之间的关系",但是"接受"(reception)则可以指明更广大的研究范围,"它可以指明这些作品和它们的环境、氛围、作者、读者、评论者、出版者及其周围情况的种种关系。因此,文学'接受'的研究指向了文学的社会学和文学的心理学范畴。"②艾尔德里奇(I. A. Owen Aldridge)尝试把影响与类同(affinity)、传统(tradition)进行区隔。他认为,所谓的类同是指两部没有直接联系的作品在风格、结构、语气或者观念方面的相似之处,例如俄语小说《奥勃洛摩夫》和

---

① 约瑟夫·T. 肖:《文学借鉴与比较文学研究》,见《比较文学译文选》,刘介民编,长沙:湖南人民出版社,1984年,第275页。
② 乌尔利希·韦斯坦因:《比较文学与文学理论》,刘象愚译,沈阳:辽宁人民出版社,1987年,第47页。

莎士比亚的《哈姆雷特》都以迟疑、拖延的人作为主角。传统或成规（convention）则是指大量作品在历史、时代或者形式方面所拥有的一些相似之处，十九世纪俄国小说中常常存在"奥勃洛摩夫"一样的懒人形象。而影响则不同，它是指"一个作者如果没有阅读前辈作家作品就不可能存在的相似之处……影响不是以单一、具体的形式显示自身的东西，而以多种形式表现出来。"[①]此类影响研究需要文学史家掌握一些确凿的证据，做出判断，但是研究的目的并不是找到影响的源头，而是要揭示出作家的创作过程。同样，哈佛大学比较文学教授纪延（Claudio Guillen）认为，影响与传统、成规具有交叉之处，但是不能把这几个术语完全混为一谈。一般而言，人们从共时的角度思考成规，从历时的角度界定传统。一些成规定式往往是一代作家在文学创作中共同使用的文学手段库，是他们创作时习以为常的东西，即使是完全不同的作家也会使用这些文学手段。如果一些成规经历了相

[①] I. A. Owen Aldridge, "The Concept of Influence in Comparative Literature: A Symposium", in *Comparative Literature Studies*, Special Advanced Number (1963), p. 144.

当一段时间之后，仍然能够存活下来，被几代人之后的作家使用，那就成了传统。不论成规还是传统，都是集体共用的"影响"。而真正的影响是"重大影响"，"重大影响通常是单独的，一对一的关系"，"影响使得偏离常规成为可能，而不是使作品成为标准的。"①

巴拉金试图把影响与接受（效果、声誉）区分开来，接受研究很可能成功地对影响放送者的艺术提出新的解释，但在多数情况下，这类研究主要是在社会学、心理学、人种学甚或统计学的层面上进行。一般来说，这类研究是对影响放送者的声誉做出阐述，它们的统一性取决于影响放送者的统一性。而影响研究则与此不同，它的主要兴趣在于探究创造性的源泉。在这类研究中，量的标准被质的标准所取代。在文学影响的研究中，虽然要更多强调作品本身，但也必须给作者以应有的重视，"伊哈布·哈桑以他一贯的聪明提醒我们，'没有人作为中介，任何一件作品都不能说可以影响另一

---

① I. A. Owen Aldridge, "The Concept of Influence in Comparative Literature: A Symposium", in *Comparative Literature Studies*, Special Advanced Number (1963), pp. 150—151.

件作品'……因此，在决定影响的时候，我们就不得不作心理的探索，即便我们想避开心理学方面的问题，也是不可能的。"①

---

① 乌尔利希·韦斯坦因：《比较文学与文学理论》，刘象愚译，沈阳：辽宁人民出版社，1987年，第39页。

第二节　布鲁姆的影响诗学

　　布鲁姆在漫长的职业生涯中,对很多课题进行了研究,比如浪漫主义诗人研究、影响误读研究、宗教批评、经典研究、莎士比亚研究等等。除了二十世纪五六十年代的浪漫主义研究之外,他在其他著述中反复考察诗人、作家之间的影响关系,并形成了复杂的影响网络,堪称"影响诗学"。"影响"是布鲁姆批评与理论的重要组成部分,在其绝笔之作中出现并不出人意料,这与其四十多年前出版的《影响的焦虑》在主题上遥相呼应,相得益彰。事实上,布鲁姆的理论成就建立在于1973年《影响的焦虑》中提出的、反传统的并引发巨大争议的影响焦虑理论。布鲁姆在其后四五十年的批评生涯中，不断修正、补充、完善影响理论，这种自我修正、常变常新的创新精神在他晚年的著作《影响的剖析》中得到淋漓尽致的表现。

一、影响的焦虑

和法国学派的影响研究一样，布鲁姆认为，如何认识和对待文学中的影响是文学批评中一个重要的问题。它不仅事关作家、诗人的创作理念，更牵涉文学史的书写和文学传统的构建。如歌德所说："我们一生下来，世界就开始对我们发生影响，而这种影响一直要发生下去，直到我们过完了这一生。除掉精力、气力和意志以外，还有什么可以叫做我们自己的呢？如果我能算一算我应归功于一切伟大的前辈和同辈的东西，此外剩下来的东西也就不多了。"[①]长期以来，西

---

① 爱克曼：《歌德谈话录》，朱光潜译，北京：人民文学出版社，1978年，第88页。

方文学对影响的研究限于对前人形式因素的继承上,尤其注重考察节奏、韵律、意象等从前人到后人的因袭与传递。新批评的主要人物艾略特在《传统与个人才能》中提出的"非个人化"理论把文学影响的作用推向了极致。艾略特认为:当我们称赞一个诗人时,常常强调他的独特之处与个性,特别是与前人的区别。而事实是诗人作品中最好的部分或者最有个性的部分很可能是前辈们作品中最不朽的部分。因此,诗人在诗歌创作中不是要表达强烈的感情,而是要逃避感情,不是表达个性,而是逃避个性。诗人综合各种经验感受,只起中介作用,"诗人的头脑实际上就是一个捕捉和贮存无数的感受、短语、意象的容器,它们停留在诗人头脑里直到所有能够结合起来形成一个新的化合物的成分都具备在一起。"① 并且以此为标准,艾略特大力褒扬英国玄学派诗人邓恩(John Donne)、赫伯特(George Herbert)、马维尔(Andrew Marvell),贬低雪莱、布莱克等浪漫主义诗人,重塑英美文学传统。

---

① 托·斯·艾略特:《艾略特文学论文集》,李赋宁译,南昌:百花洲文艺出版社,1994年,第7页。

然而，布鲁姆发现文学传统并不总是友善的，并非是可以汲取力量的源泉。一个诗歌领域的新人（ephebe）姗姗来到漫长并星光闪耀的诗歌传统中，面对悠久的传统，总有一种迟来之感。新人发现漫长的诗歌传统留给自己的独创空间并不多，诗歌中的主题和技巧都被强者诗人（strong poet）和前辈诗人（precursor）利用殆尽，渴望成为强者诗人的"后来者"（latercomer）处于前驱诗人的影响和阴影中，由此产生焦虑感。新人要想在诗歌中有所创造而不致被伟大的前辈诗人淹没而默默无闻，就要通过误读对抗诗歌传统中前辈诗人的强力影响。在《影响的焦虑》中，布鲁姆认为"影响焦虑"理论的提出是为了纠正"一个诗人可以促进另一诗人成长"这一观点的不足之处，而提出的一种新观点。

所谓诗歌的影响并非指前人的观念、意象传递给了后人，而是后人对前辈诗人的成就采取的竞争姿态。既然诗人注定生存在一种文学传统中，前人的影响无法摆脱，真正的诗人要有所成就则必须对窒息性的影响采取反抗的态度，修正前人并突出自己的个性。据此，布鲁姆提出了六种误读式的修正策略：克里纳门（clinamen）即诗的有意误读，苔瑟拉（tessera）即续完与对偶，克诺西斯（knosis）即重复和不连续，魔鬼化（daemonization）即对前驱诗人"崇高"的反动，阿斯克西斯（askesis）即达到孤独状态后的自我净化，和阿波弗里达斯（apophrades），即死者的回归。诗人通过误读与修正其他诗人而克服影响，成就自我。这种关系也存在于批评家与诗人之间，批评家或读者也要通过误读诗人才能理解和阐释诗歌。布鲁姆在《误读之图》《卡巴拉与批评》《诗歌与压抑——从布莱克到史蒂文斯的修正主义》《竞争——走向一种修正主义理论》和《华莱士·史蒂文斯》等一系列著作中不断利用尼采的"权力意志"、犹太神学家卢里亚的卡巴拉理论和弗洛伊德的"防御理论"对影响理论进行修正与完善，构建了诗人与诗人、批评家与诗人之间的误读体系。

  首先，表现在文本中则为：文本的意义在于诗人间的误读，在于诗人间在语言修辞层面、心理层面甚至是想象层面的相互竞争，即诗人中的新人对前驱诗人影响的克服与超越。布鲁姆说："我的修正论的六个比喻或比率并非只是比喻，而且也是一种心理防御……我所称的'影响'是一种对诗本身的比喻表达；不是作为产品与来源的关系，或效果与原因的关系，而是作为后来的诗人同前驱者的更重大的关系，或者是读者与文本、诗歌与想象、想象与我们生活整体的关系。"[1]诗的影响与词语和风格上的继承与借用没有关系，"诗的影响这一基本现象与一首诗对另一首诗中意象、观念、节奏和词语的借用没有多大关系。"[2]

他在《卡巴拉与批评》中说："一个经验主义的思想家在面对文本寻求意义时，他在内心会说：'如果这是一个完整的、独立的文本，那么它就有自身的含义。'我不得不难过地说，这种常识性的假设显然是不正确的。文本除了同其他文本的关系之外，不具有任何意义，所以在文学意义之间存在着令人不安的辩证法则，一个单独的文本只有一部分意义，它本身是一个提喻，喻指一个包含其他文本的更大整体。一个文本是关系性活动，并非一个可以分析的实体。当然，我们也是关系性的或辩证的实体，而不是孤立自主

---

[1] Harold Bloom, *A Map of Misreading*, Oxford: Oxford University Press, 1975, p.71.

[2] Harold Bloom, *Kabbalah and Criticism*, London: Continuum, 2005, pp.66–67.

(free-standing)的实体。"①在论及作品的字面意义和比喻意义时，布鲁姆说，"决定它们的是影响的焦虑，对迟来性的抗争会形成意象、转义、心理防御，和修正比等一系列模式。我并非说这些模式能产生意义，因为我不相信意义在诗歌内部产生或由诗歌产生，而是在诗歌之间产生。"②

竞争性（agon）也是诗歌的重要特性。每一位诗人都出现在一个拥有漫长历史的文学传统中，在这个传统中，伟大的诗人领风气之先，开宗立派，在自己领域中取得了巨大成就，极大开拓了文学的领域，丰富了人对自身、社会和自然、宇宙的认知。伟大诗人为自己树立了高高的丰碑，却为后来者留下了长长的影子。处于阴影之中的新人对前辈既爱又恨，既要因循传统模仿前辈，又须摆脱前辈以防自己淹没于大诗人成就的阴影中，这就是"迟到心理"(psychology of belatedness)。诗歌反映了诗歌中新人对前辈影响的焦虑，成为努力压抑前辈成就而形成自我风格的战场，是"任

---

① Harold Bloom, *Kabbalah and Criticism*, London: Continuum, 2005, p. 55.
② Harold Bloom, *Kabbalah and Criticism*, London: Continuum, 2005, p. 46.

性的灵魂发动的、反抗丰富传统的战争"①。这种焦虑在伟大作品中无处不在,因此,文学中新人与前辈的竞争成为文学不可摆脱的宿命,布鲁姆说:"正如我所阐释的,一个诗歌文本不是汇集在纸上的符号,而是一个心灵的战场。在这里,真正的力量在斗争以赢得唯一值得去赢的、无声无息的胜利。"②他在《误读之图》的开篇即断言:"没有文本,只有文本之间的关系。"③这种关系不是影响的友善传递,而是你死我活的竞争,"诗歌只有通过竞争才能在一个过去是、现在是而且将来也一样过度拥挤的诗歌国度里存活下来。任何诗歌的首要问题是为自己开拓空间,它必须迫使先前的诗歌离开才能为自己清理出空间。"④竞争是文学产生的动因,"诗歌、戏剧、小说光彩的本源在哪里?它不在作者身上,而来自一个前辈,或者几个前辈。面对前辈,作家可以通过避开而非逃跑来获得创造的自由。为获取至高无上的力量或

---

① Harold Bloom, *Yeats*, Oxford: Oxford University Press, 1970, p. 4.
② Harold Bloom, *Poetry and Repression: Revisionism from Blake to Stevens*, New Haven: Yale University Press, 1976, p. 2.
③ Harold Bloom, *A Map of Misreading*, Oxford: Oxford University Press, 1975, p. 3.
④ Harold Bloom, *Kabbalah and Criticism*, London: Continuum, 2005, p. 63.

阻止想象力的死亡,作家之间一定存在争斗。"①

而且,诗歌或文学作品中竞争性与原创性、想象性、陌生性、审美是统一的。诗歌中的竞争是诗人与前辈竞争,通过想象创造出新的空间。这种创造是与前辈不同的,因此必然有原创性,是可以为作者和读者都带来自由、愉悦等审美体验的,因此布鲁姆坚称,"经典的陌生性并不依赖大胆创新带来的冲击而存在,但是,任何一部要与传统做必胜的竞赛并加入经典的作品首先应该具有原创魅力。我们的教育机构里现在充斥着理想主义的恨世者,他们责难文学及生活中的竞争;但是所有的古希腊人都认为,审美与竞争是同一的,布克哈特和尼采也重新发现了这一真理。"②在西方文明的源头古希腊文化中,竞争无处不在,荷马以后的诗人必须与他竞争才能为自己争得位置,"荷马所教授的也是争斗的诗学,而他的对手赫西奥德却是首先学到这一课的。批评家朗吉努斯认为,柏拉图全部的哲学生涯就是与荷马无休止的争斗,

---

① Harold Bloom, *The Anatomy of Influence*, New Haven: Yale University Press, 2011, p. 6.
② 哈罗德·布鲁姆:《西方正典》,江宁康译,南京:译林出版社,2011年,第5页。

因为荷马被从《理想国》里驱逐出去了;然而,驱逐的企图是徒劳的,因为是荷马而不是柏拉图长存于希腊人的学校课本里。"①古典时期如此,中古时期或贵族时代也不例外,"正如我也开始认识到的,但丁创造性地修正了维吉尔(在众多人之中),其深刻性正如弥尔顿以自己的创作全然修正了他之前的所有作家一样(包括但丁)。但是,不管争斗中的作家是玩世者如乔叟、塞万提斯和莎士比亚,还是咄咄逼人者如但丁和弥尔顿,竞争是永存的。"②

一首诗与另一首诗歌的竞争可以使人产生奇异和陌生之感,"对强者诗人来说,陌生性就是影响的焦虑。高雅文学或崇高文学中的竞争是无法逃避的……在朗吉努斯对崇高的赞扬中——'我们心中充满了喜悦和自豪,我们认为创造了我们所听到的事物'——隐含着影响的焦虑。我创造了什么?人们听到了什么?这种焦虑关乎个人和文学的身份认同。什么是我的?什么是非我的?别人的声音在哪里结束?我的声音从哪里开始?崇高同时表现出想象的力量和脆弱,它使我

---

① 哈罗德·布鲁姆:《西方正典》,江宁康译,南京:译林出版社,2011年,第5页。
② 哈罗德·布鲁姆:《西方正典》,江宁康译,南京:译林出版社,2011年,第22页。

们超越了自己,激起我们奇异的认识:一个人绝不完全是自我或作品的作者。"①这种奇异之处在于后辈作者通过这个方式修正、误读前人,使读者看起来是他或她写了前辈诗人的代表作,"好像是诗歌中的新人写出了先前诗人的诗。一个强者诗人好像神奇地出现在他或她的前辈前面,这种时间顺序颠倒的例子在下面的章节中有很多。"

但是布鲁姆的"竞争"与法国理论家布尔迪厄(Pierre Bourdieu)的"斗争"有本质区别。对布尔迪厄来说,"斗争"是实实在在的权力争夺,"文学世界常常被描述成霍布斯式的(Hobbesian)充满计谋与斗争的世界。布尔迪厄把福楼拜的文学成就几乎简化为军事能力,他评估文学对手的长处和不足,并以此确定自己的位置。"②布鲁姆看到了自己与布尔迪厄的差异,布尔迪厄强调冲突和竞争,与影响理论中的竞争有相似之处,但布鲁姆与他有本质区别,他否认文学关系可以被简缩为对世俗权力赤裸裸的追寻。布鲁姆的"竞

---

① Harold Bloom, *The Anatomy of Influence*, New Haven: Yale University Press, 2011, p.20.

② Harold Bloom, *The Anatomy of Influence*, New Haven: Yale University Press, 2011, p.7.

争"是审美的、想象的和内在意识层面的,因为"对强者诗人来说,此类竞争的奖励总是文学性的。他们害怕完全被前辈控制而导致想象力的死亡,他们经历了一场特殊的、文学上的危机。一个强者诗人不仅要征服对手还要维护他或她写作时自我的正直完善。"①

二、影响的剖析——对自我的影响和影响的泛化

二十一世纪以来,布鲁姆通过对西方文学经典的阅读,对诗人与诗人之间、读者与诗人之间影响的竞争进行长达数十年的思考,在《影响的解剖》中对影响误读理论进行了完善,使之更全面更复杂。首先,影响的焦虑不仅是诗人与诗人、诗人与读者之间的线性(linear)竞争,更存在于批评家与批评家、批评家与诗人之间,诗人与诗人之间,是错综复杂的(labyrinthine)。布鲁姆在早先的理论中曾宣称:伟大的作品是作者与前辈诗人的巨大影响进行竞争而产生的,

---

① Harold Bloom, *The Anatomy of Influence*, New Haven: Yale University Press, 2011, p.8.

只有超越了重要作家的影响,新人才能取得经典地位。不论莎士比亚对马洛影响的克服,还是雪莱、布莱克对弥尔顿的误读,托尼生对华兹华斯、叶芝对雪莱和济慈的挪用,抑或惠特曼对爱默生,华莱士·史蒂文斯、劳伦斯对惠特曼影响的超越都是直线发展的。在《影响的解剖》中,布鲁姆深化并拓展了这一观点,他认为:"但影响的焦虑,预期被淹没的焦虑,当然并不局限在诗人、小说家、剧作家之间,也存在于教师或鞋匠或随你想到的什么人之中,在批评家中也存在。"[1]莎士比亚与弥尔顿,弥尔顿与詹姆斯·乔伊斯,乔伊斯、爱默生、弗洛伊德与莎士比亚之间的关系错综复杂。惠特曼不仅与莎士比亚、爱默生争夺想象的空间,其影响更笼罩了美国的诗人史蒂文斯、劳伦斯、哈特·克莱恩和埃蒙斯(A. R. Ammons)、阿什贝利(John Ashbery),也威胁到非英语作家聂鲁达、博尔赫斯和马雅可夫斯基(Vladimir Mayakovsky)等人的创作。莎士比亚、弥尔顿影响了约翰逊(Samuel Johnson)的写作与批评,约翰逊的影响也是

---

[1] Harold Bloom, *The Anatomy of Influence*, New Haven: Yale University Press, 2011, p. 22.

德莱顿、柯勒律治、哈兹里特和罗斯金等后来的批评家必须面对与超越的。由是观之,影响的焦虑涵盖了文学的各个方面,成为创作与批评的一个基本范畴。

其次,影响的焦虑也存在于诗人或者富有创造性的艺术家自己身上。一位诗人、剧作家和小说家在一生的创作中会经历不同的阶段,前期的观点、人物不可避免地对后期的创作产生影响,而且代表作往往会形成难以估量的影响,在其后的创作中无法摆脱,而真正强大的作家要克服与竞争的是自己对自己的影响,实现对自己的超越。唯有如此,作家才能不断创新,开拓人们诗性思维的疆域,扩大人的精神空间,提升人的精神层次,达到布鲁姆所理解的"崇高"境界——"自我占有是一种崇高形式"[①]。例如莎士比亚一生中创作了大量戏剧作品,剧中一百多个主要人物、一千多个次要人物都栩栩如生、无一重复,但历史剧中克里奥佩特拉、福斯塔夫、约翰王等人物的影子在悲剧人物麦克白、哈姆雷特等人身上一点也不存在,哈姆雷特的形象也未出现在

---

① Harold Bloom, *The Anatomy of Influence*, New Haven: Yale University Press, 2011, p.29.

后期的《一个冬天的童话》或《暴风雨》中的人物身上。莎士比亚的十四行诗也未受到戏剧的影响。莎士比亚对自己影响的超越正反映了无休无止的创造力和永不衰竭的想象力。除莎士比亚外，惠特曼、亨利·詹姆斯、艾略特、弗洛伊德也是在职业生涯中不断修正前期的观点与作品以对抗自己影响的范例。布鲁姆也是克服自身的影响的例子，《影响的解剖》就是对《影响的焦虑》的超越。

三、后现代语境中的影响研究

作为耶鲁解构主义学派的重要一员，布鲁姆在其理论中不可避免地表现出解构主义倾向，对文本的意义的不确定性有充分认识。如他在《影响的焦虑》中指出："一首诗的意义只能是一首诗，不过是另一首诗——一首并非其本身的诗。且这首诗也不是完全任意选出的诗，它必须是出自一位不容置疑的前驱之手的任何一首核心诗，哪怕这位新人从来没有读过这首'核心诗'。在这里，考证研究是完全派不上用场的。"①另外他还在《诗歌与压抑——从布莱克到史蒂文斯的修正主义》中断言:"诗歌不过是一些词,这些词指涉其他一些词,这其他的词又指向另外一些词,如此类推,直至那个无比稠密的世界。任何一首诗都是与其他诗歌互涉的(inter-poem)。"②从上述表述中可见,在文本意义的不确定性方面,布鲁姆的影响误读理论与互文性理论都受到解构主义影响。但是仅仅依据误读理论与互文性理论之间的这些相似之处,从而得出"影响误读理论是互文性一个不可或缺的组成部分,是互文性理论的进一步发展"的结论未免忽略了影响理论与互文性理论的根本性差异。

布鲁姆在其"影响四部曲"(《影响的焦虑》《误读之图》《卡巴拉与批评》和《诗歌与压抑——从布莱克到史蒂文斯的修正主义》)中,对诗的影响和误读策略做了详细阐发。布鲁姆认为"诗的影响"理论的提出是为了纠正"一个诗人可以促进另一诗人成长"这一观点的不足之处,而提出

---

① 哈罗德·布鲁姆:《影响的焦虑》,徐文博译,北京:生活·读书·新知三联书店,1989年,第71-72页。
② Harold Bloom, *Poetry and Repression: Revisionism from Blake to Stevens*, New Haven: Yale University Press, 1976, p.71.

的一种新观点。诗人中新人（ephebe）发现漫长的诗歌传统留给自己的独创空间并不大，诗歌中的主题和技巧都被强者诗人（strong poet）和前驱诗人（precursor）发掘殆尽，渴望成为强者诗人的后来者（latercomer）处于前辈诗人的影响和阴影中，由此产生巨大的焦虑感。因此，"诗的影响已经成了一种忧郁症或焦虑原则"[①]，"诗的影响并非一定会影响诗人的独创力；相反，诗的影响往往使诗人更加富有独创精神……诗的影响是一门玄妙深奥的学问。我们不能将其简单还原为训诂考证学、思想发展史或者形象塑造术。诗的影响——在本文中我将更多地称之为'诗的有意误读'（misprision）——必须是对作为诗人的诗人的生命循环的研究。"[②]因此，"作为诗人的诗人"即具有诗性自我、渴望在诗歌上有所创造和在历史上不朽的诗人们，他们必须克服前驱诗人的影响。所谓"诗人的生命循环"则指："诗的影响——当它涉及两位强者诗人、两位真正的诗人时——总是

[①] 哈罗德·布鲁姆：《影响的焦虑》，徐文博译，北京：生活·读书·新知三联书店，1989年，第6页。

[②] 同上。

以对前一位诗人的误读而进行的。这种误读是一种创造性的校正,实际上必然是一种误译。一部成果斐然的'诗的影响'的历史——亦即文艺复兴以来的西方诗歌的主要传统——乃是一部焦虑和自我拯救之漫画的历史,是歪曲和误解的历史,是反常和随心所欲的修正的历史"①。

从上述的论述中可以看出,诗人间的影响与误读是一个复杂的过程。首先,表现在文本中则为:文本的意义在于诗人间的误读,在于诗人间在语言修辞层面、心理层面甚至是想象层面的相互竞争,即诗人中的新人对前驱诗人影响的克服与超越。布鲁姆说:"我的修正论的六个比喻或比率并非只是比喻,而且也是一种心理防御……我所称的'影响'是一种对诗本身的比喻表达;不是作为产品与来源的关系,或效果与原因的关系,而是作为后来的诗人同前驱者的更重大的关系,或者是读者与文本、诗歌与想象、想象与我们生活整体的关系。"②诗的影响与词语和风格上的继承与借用没有关

---

① 哈罗德·布鲁姆:《影响的焦虑》,徐文博译,北京:生活·读书·新知三联书店,1989年,第31页。

② Harold Bloom, *A Map of Misreading*, Oxford: Oxford University Press, 1975, p.71.

系,"诗的影响,从我赋予它的意义上说,几乎和一位诗人与另一个诗人在词语上的相似之处没有关系……影响的焦虑常常与风格焦虑有很大不同。"①同时,"诗的影响这一基本现象与一首诗对另一首诗中意象、观念、节奏和词语的借用没有多大关系。"②而互文性则侧重于文本在语言层面的多义性和多声调,因此我们不能片面地把"影响"等同于"互文性"。

其次,影响误读理论侧重于突出诗人的主体性与创造性,而非消解作者的主体地位。"作为诗人的诗人"(poet as a poet)阐明诗人的诗性自我在误读的过程中才能建立,诗人只有摆脱前驱诗人的影响而不断创造才能得到永生,因此"写诗是为了逃避死亡。确实,诗人们拒绝必死性,所以每个诗人都有两个造就者:前驱与新人所拒斥的必死性。"③只有在与前驱诗人的殊死搏斗中,在弗洛伊德式"弑杀诗歌之父"的血腥过程中,在诗歌史中的后来者诗人才能造就自

---

① Harold Bloom, *A Map of Misreading*, Oxford: Oxford University Press, 1975, pp.19–20.
② Harold Bloom, *Kabbalah and Criticism*, London: Continuum, 2005, pp.66–67.
③ Harold Bloom, *A Map of Misreading*, Oxford: Oxford University Press, 1975, p.19.

己,"当他第一次感到诗对他来说既是外在的也是内在的时候,他便开始了一个发展过程……虽然这发现整个是自我认识——可以说是'第二次诞生'",所以"诗在他心中,但他却体验到被在其身外的诗——伟大的诗篇——所发现而带来的耻辱和光荣。在这个中心失去自由是不可宽恕的,会使人永远感到自主权受到威胁的恐惧"。①因此影响误读理论"总是以主体为中心的,是人与人之间的关系,不应缩减为语言的问题。"②

再次,影响误读理论侧重于传承西方人文主义传统,而互文性则带有结构主义和后结构主义的科学主义倾向。布鲁姆的影响误读理论高扬人在诗歌创作中的主体性,突出创造、想象、天赋等人文主义观念在文学中的作用,提倡个人色彩和个人特性的批评方法,与当代文学批评中的科学主义倾向形成了鲜明对比。他说:"我们想起了我们所承受的人文主义的失却,如果我们使口头传统的权威屈从于写作的同

---

① 哈罗德·布鲁姆:《影响的焦虑》,徐文博译,北京:生活·读书·新知三联书店,1989年,第26页。

② Harold Bloom, *A Map of Misreading*, Oxford and New York: Oxford University Press, 1975, p.77.

仁，屈从于德里达和福柯那样的人的话，因为他们为所有的语言孕育了歌德曾错误地为荷马的语言所断言的东西，即语言本身可以写诗。实际上是人在写作，是人在思考，人总是竭力抵抗另外一个人的攻击"[1]。

总之，互文性与影响误读理论同为现当代文学批评中的常用术语，虽然有一定的相似性，如同受解构主义影响、强调文本意义的不确定性等，但是两者不能混为一谈。影响误读理论在文本的意义、作者主体性和文化传统倾向上都与互文性有非常大的差异。因此，辨别布鲁姆的影响误读理论与互文性的差异有助于加深对上述理论的认识，有助于在批评实践中准确运用它们。

---

[1] Harold Bloom, *A Map of Misreading*, Oxford: Oxford University Press, 1975, p. 70.

第三节　影响研究与影响焦虑的相互阐发

　　影响这一范畴十分复杂，但就其实质而言，无外乎一种语言（文化、国家）的文本与另一种语言（文化、国家）文本之间的相似关系以及前者对后者生成的因果关系。影响一般包含影响发出者、接受者以及传播途径等三个要素。对影响关系的研究总是侧重上述复杂过程中的某一方面，要么考察文学作品中的外来渊源，要么分析作品译介传播过程，要么追踪作家作品在其他文学体系中被接受的情况及一国作家在他国的声誉和传播效果，因为"对文学声誉的研究可以揭示接受国的大量信息"①。例如,法国学派的影响研究注重考察不同国家、语言、民族之间的"事实联系"和影响的传播途径、路线。梵·第根在考察不同语言的作品的异同时,侧重于刻画出这些影响和假借的"经过路线"。国际性(尤其是欧洲)的文学联系,特别是与法国文学的交流事实是此类研究的对象。拜伦与普希金、歌德与卡莱尔、司各特与维尼等人之间在作品、灵感,甚至生活方面的交往和联系,文学作品和它们的环境、氛围、作者、读者、评论者、出版者及其周围情况的种种关系,成为此类研究的对象。影响研究借鉴社会学、历史学、统计学等实证主义的方法,以探究文学中确定的影响事实为宗旨。从本质上说,影响研究是一种文学外部的、社会学研究,具有比较明显的欧洲中心主义和法国中心主义色彩。

与法国学派的影响研究相比,布鲁姆的影响论更重视文学中的作者和作品因素,更注重探讨接受影响者的创作心

---

① I. A. Owen Aldridge, "The Concept of Influence in Comparative Literature: A Symposium", in *Comparative Literature Studies*, Special Advanced Number (1963), p. 148.

理。他在其名作《影响的焦虑》中指出:"诗的影响是一门玄妙深奥的学问。我们不能将其简单地还原为训诂考证学、思想发展史或者形象塑造术。诗的影响——在本文中我将更多地称之为'诗的有意误读'(misprision)——必须是对作为诗人的诗人的生命循环的研究",因此"诗的影响已经成了一种忧郁症或焦虑原则"。①他认为诗人的内心具有一种"影响的焦虑",即后辈诗人创作过程中试图躲避、超越前辈的心理状态。布鲁姆看到,历史上的重要诗人在诗歌形式和主题上取得了巨大成就,这对后辈诗人既是一笔巨大的财富,也是一种沉重的负担。后辈诗人初涉诗坛就笼罩在前辈诗人的阴影中,他们担忧星光璀璨的文学天空没有为新人留下多少空间,自己的想象力有被扼杀的危险,因而怀有一种"迟到心理"。在诗歌领域有企图心、渴望有建树的后辈诗人必定奋起与前辈诗人比较、抗争,试图摆脱前辈诗人的影响,取得自己的原创性,建立自己独特的文学身份,他说:"当涉及两位强大的、真正的诗人时,诗歌的影响总是以对前辈诗

---

① 哈罗德·布鲁姆:《影响的焦虑》,徐文博译,北京:生活·读书·新知三联书店,1989年,第6页。

人的误读进行的,这是一种创造性的修正行为,也必然是一种误释。"① 二十一世纪以来,布鲁姆在《影响的解剖》中深化、拓展了其影响论,指出影响的焦虑也意味着克服自我的影响。他认为,影响的焦虑同样存在于诗人或者其他艺术家本人身上,无论诗人、小说家还是剧作家在漫长的职业生涯中都会经历不同的阶段,前期的主题、塑造的人物必然对后期的创作产生影响,他们只有克服前期成就对后期的影响,才能实现自我超越,"《影响的解剖》探讨了莎士比亚和惠特曼怎样克服和控制了前辈的影响","自我影响是自我克服的一种崇高形式"。② 比如,莎士比亚戏剧中的一百多个主要人物、一千多个次要人物都栩栩如生、无一重复,惠特曼、亨利·詹姆斯、艾略特、弗洛伊德在各自漫长的职业生涯中不断修正前期的观点与作品,对抗自己的影响,他们对自己影响的超越正反映了无休无止的创造力和永不衰竭的想象力。

布鲁姆的影响论和比较文学中的影响观相比较,有如下

---

① Harold Bloom, *The Anxiety of Influence*, New York: Oxford University Press, 1997, p.30.

② Harold Bloom, *The Anatomy of Influence*, New Haven: Yale University Press, 2011, p.29.

特点:

首先,虽然两者在利用并转化影响上具有相似性,但布鲁姆的影响论蕴含强烈的价值判断,而比较文学的影响研究则不具备此类特点。布鲁姆把影响关系限定在后辈作家对前辈作家的激烈排斥和超越之上,表现出在同一文学传统之中摆脱源头、陈规、定式的羁绊,开创一个完全属于自己的文学传统的强烈渴望。因此,布鲁姆在谈论影响的焦虑的同时提出了评判文学作品的唯一标准——独创性。也就是说,唯有具备浪漫主义独创性品格的作品,敢于背离传统和"弑杀父辈"的作家,才能进入经典的行列。在广为流传的《西方正典》里,布鲁姆断言,判断一部文学作品能否成为经典的标志是它的原创性,原创性不是从无中生有的创造性,而是既立足于传统又不同于传统的"陌生性"。他说:"没有文学影响的过程,即一种令人烦恼并难以理解的过程,就不会有感染力强烈的经典作品出现。"[1]文学经典的陌生性正是影响焦虑的一种表现形式。布鲁姆说:"影响的焦虑无关真正的或

---

[1] 哈罗德·布鲁姆:《西方正典》,江宁康译,南京:译林出版社,2011年,第6页。

想象的父亲是谁，它是借助于诗歌、小说或戏剧并在它们之中出现的一种焦虑。任何强有力的作品都会创造性地误读并因此而误释前人的文本。一位真正的经典作家或许会或许不会把这种焦虑在作品中予以内化，但这无关大局：强有力的作品本身就是那种焦虑。"①一部文学作品能否进入文学史、成为经典主要取决于作者是否展现了反叛文学传统的雄心以及突破传统的能力。布鲁姆根据上述标准，把女性主义、后殖民主义倾向的作品排除在外，取消它们进入经典的资格，表现出其评价标准的倾向性。与此不同，比较文学的影响研究则温和许多。它更多地试图说明一位作家如何转化不同文化、语言传统中的作家的意象、主题等具体内容为自己所用，并试图通过分析事实加以客观说明。约瑟夫·T.肖认为："注意力的重心应该放在借用或受影响的作家所吸收的东西干了些什么，对完成的文学作品又产生了什么效果。"②

其次，布鲁姆的影响论把影响关系限定在作者与作者、

---

① 哈罗德·布鲁姆：《西方正典》，江宁康译，南京：译林出版社，2011年，第6页。
② 约瑟夫·T·肖：《文学借鉴与比较文学研究》，见《比较文学译文选》，刘介民编，长沙：湖南人民出版社，1984年，第275页。

作者与传统的关系上，缺乏法国学派影响研究的丰富性和广泛性。他的影响观更注重研究作者的创作心理状态及作品呈现出的精神特质，对渊源学、誉舆学或传播学的研究没有表现出多大兴趣。他在不同时期多次表示，"影响"一词和词语、风格的借用及来源没有什么关系，"我使用'诗歌的影响'一词并非意味着观念和意象从前辈诗人传往后辈诗人……这些是追踪溯源者和传记作家的合适材料，我对此并不关心"[①]。总之，布鲁姆的影响论对法国学派提倡的注重依靠证据说明问题的、侧重资料发掘的影响研究具有明显的纠偏作用，并将人们的注意力主要集中于作者的创作过程（如何保留和改造外来的影响）等真正值得关注的文学问题，有助于人们对文学创作过程的理解。然而，无可辩驳的是，法国学派的影响研究也成为布鲁姆影响论的一面镜子，照出了布鲁姆故意忽略复杂影响关系的倾向。仅观照作品和作者的创作过程，无视影响来源的多样性、传播过程的复杂性和接受国的文化倾向性等特点显示了布鲁姆批评理论的简

---

① Harold Bloom, *The Anxiety of Influence*, New York: Oxford University Press, 1997, p. 71.

约化倾向,换言之,布鲁姆缩减了影响过程的"影响的焦虑"不过是他的一家之言和一种个人化的批评视角,并不具备他所宣称的阐释的普遍有效性。

再次,严格而论,布鲁姆的影响论并未超越比较文学中的影响研究,它只是文学影响的一个特殊类型。布鲁姆的影响论与巴拉金提出的"负影响"类似。巴拉金在《比较文学和总体文学年鉴》中指出:一个文学传统中的作家往往在成年时发现需要借鉴外来影响,所以对外来影响相对友善和包容,但对同一文学传统中的前辈则抱有强烈敌意,"同一民族和语言范围内的作家之间的影响常常是一种负影响(negative influences),是一种相互反对、相互敌视的情形,也是以个人主义的名义拒绝接受前辈作家作品当中过时的东西的情形"[①]。巴拉金认为模仿中的滑稽模仿(burlesque, parody)和歪曲模仿(travesty),即通过一种滑稽的、变形的模仿来嘲弄一种风格,可以产生一种"负影响"。

---

① Anna Balakian, "Influence and Literary Fortune: The Equivocal Junction of Two Methods", in *YCGL*, 1962, p.29.

因此，从这个意义上看，布鲁姆的"影响的焦虑"无疑是文学"负影响"的一个极端版本。巴拉金还继续说，比较文学对文学史中这一显著的、有特色的现象却会很不关心，特别是在考虑接受外来影响时就更是如此，"因为人们往往是在成年，也就是在迫切地感到需要借鉴别人的模式和接受引导时才阅读外国文学作品，所以就不存在以其为敌的问题"，负影响的一个变体被称为"counter design"，即一个文学模式完全被变成了相反的东西，论证的要点完全被颠倒。

总之，布鲁姆不主张分析渊源，反对研究文学的经过路线和事实联系，这使得其文学研究变得比较狭窄，排斥社会学、历史学、统计学、传播学等文学外部研究，损害了文学批评的可靠性。但是，布鲁姆和比较文学在重视作者接受、模仿、转化渊源，并最终创造出独特的作品方面并无二致，只不过布鲁姆的影响论表现得更激进而已。

第三章

变异研究与布鲁姆的误读论

第一节　变异学与误读论

　　变异学是当前比较文学研究的一个热点。它由中国比较文学学者曹顺庆教授在2005年中国比较文学第八届年会上正式提出。2006年，曹顺庆在《比较文学学科中的文学变异学研究》一文中，详细地分析了变异学提出的理论基础、研究对象和研究的基本原则。同年，在高等教育出版社出版的《比较文学教程》中，正式把变异学纳入比较文学的框架，成为与影响研究、平行研究和总体文学研究并列的内容。哈罗德·布鲁姆于二十世纪七十年代在其"影响误读四部曲"——《影响的焦虑》《误读之图》《卡巴拉与批评》《诗歌与压抑——从布莱克到史蒂文斯的修正主义》中提出并完善了误读理论，深入探究了英美文学中晚辈作家对前辈作家的挪用、修正和变形。正是在这个意义上，布鲁姆的误读论与比较文学变异学研究产生了交集。

　　首先，按照曹顺庆的界定，比较文学变异学研究可以划分为以下六个层次[①]：第一，语言层面的变异研究。它主要研究文学现象穿越语言的界限，通过翻译而在目的语环境中得到接受的过程，也就是翻译学或者译介学研究。二十世纪七十年代以来，解构哲学和后结构主义理论风靡全球，渗透到各个学科，其中，翻译学对传统的研究模式进行了反思，认为应当提升译者的主动性、创造性。翻译学更加注重"创造性叛逆"，突破了影响研究中媒介学对翻译的实证性考察。研究异质文化中的语言变异问题正是变异学在语言层面的研究内容。第二，民族国家形象的变异研究。形象学研究认为，文本中的异国形象不是一个国家本来的样子，一定

---

　① 曹顺庆、李卫涛：《比较文学学科中的文学变异学研究》，载《复旦学报（社会科学版）》，2006年第1期。

是经过了作者意识和所处文化环境过滤的结果。形象学的创新之处在于，它更多地关注了形象制作的主体——"注视者"。这样，在注视者与注视对象，注视者生存其中的"本土"与他者所处的"异域"所构成的两组二元对立中，就产生了文化误读和文化过滤的现象。第三，文学文本的变异研究。文学文本的变异是指文本在跨界交往中产生的文学接受现象。不同文化环境中的读者、接受者对同一文本的理解是不同的，这些不同的理解和阐释正是接受学的研究对象。文学接受学不同于文学理论中的接受美学或者读者反应论，它把"接受者/读者"置于研究的中心位置。文本变异研究的对象不仅包括因为审美趣味不同造成的文化差异，还包括异域文学进入本土后是如何被接受和再发展的。第四，文化变异研究。文化变异常常指文化过滤，它是"跨文化文学交流、对话中，由于接受主体不同的文化传统、社会历史背景、审美习惯等原因而造成接受者有意无意地对交流信息选择、变形、伪装、渗透、创新等作用，从而造成源交流信息在内容、形式发生变异。"①不同的文化模式催生出不同的文学观、审美观和相应的文学意义建构方式以及美学特征。文化模式的差异性越大，文化过滤的程度就会越高。第五，文学的他国化研究。这一研究主要指的是，一国文学作品在他国的命运和同化，"异国文学在传播到他国后，经过文化过滤、译介、接受之后发生的一种更为深层次的变异，这种变异主要体现在传播国文学本身的文化规则和文学话语已经在根本上被他国——接受国所同化，从而成为他国文学和文化的一部分，这种现象被我们称为文学的他国化。"②第六，跨文明研究。所谓跨文明研究是指跨异质文化的研究，曹顺庆指出："正在崛起的中国学派必将跨越东西方异质文化这堵巨大的墙，必将穿透这数千年文化凝成的厚厚屏障，沟通东西方文学，重构世界文学观念。"跨文明研究以变异性为核心，研究不同文化圈之间的文化传播与变异现象。

其次，变异学强调"同中之异"，而非影响研究或平行

---

① 曹顺庆：《比较文学学》，成都：四川大学出版社，2005年，第273页。转引自曹顺庆、徐行言主编：《比较文学》，重庆：重庆大学出版社，2016年，第174页。
② 曹顺庆：《比较文学课程》，北京：高等教育出版社，2006年，第147页。转引自曹顺庆、徐行言主编：《比较文学》，重庆：重庆大学出版社，2016年，第174页。

研究所强调的"异中有同"。影响研究追求的是"同源性",即流传或渊源的同一性。而平行研究注重的是"类同性",也就是不同国家文学、文学与其他学科之间的类同性。影响研究和平行研究都认为,只有求同才能具有可比性。比较文学变异学为了促进异质文明的相互对话,提出和而不同,注重对差异的分析和梳理。这是变异学研究的基本理路。

再次,布鲁姆的误读论与变异学在多个层面产生了交集。误读就是后辈作家为躲避前辈作家影响而进行的创造性解读、有意识回避和强力歪曲。布鲁姆的误读既发生在同一国家、民族和文化传统中的新一代作家身上,也发生在不同文化传统中的作家身上。布鲁姆的误读既是一种语言层面上的有意扭曲,也是在接受、翻译等方面的创造。但是,布鲁姆的误读观往往局限于文本、意识、主题等文学内部层面,很少涉及国家形象的变异,因此与比较文学变异学形成一种对照。

第二节　接受学与误读论

于1979年夏召开的第九届国际比较文学年会以"文学的传播与接受"作为主题，正式宣告文学的接受成为比较文学研究的重要对象，在此后的比较文学理论和批评实践中，接受学为比较文学学者提供了有力的支持。同样，布鲁姆的影响诗学也重视作者、批评家在文学创作和文学阐释中的接受作用，认为文学批评的本质就是误读或创造性解读，由是观之，布鲁姆的误读观与比较文学接受学在一些领域产生了交集，并形成了一种有趣的对话。

一、比较文学中的接受学

二十世纪六十年代,德国理论家姚斯、伊瑟尔等人提出了接受美学和"读者-反应"(Reader-Response)批评理论,着重阐释读者在作品意义阐释中的作用。接受美学反对新批评以文本为中心的批评倾向,认为文学研究和文学批评不是简单的作家生平和作品的资料汇编,而是文学作品的消费史,其重心应该从文本转移到读者上来。

接受理论认为,读者不是被动的接受者,而是能动的因素,读者的阅读是创造性的阅读,是文学作品能否流传的决定性力量。从作品意义建构和阐释的角度看,文本只有经过阅读,才能成为作品,不同时代、不同地域的读者都会参与对作品的理解、阐释和评价,因此作品的意义在不同的时空中不断演化、增殖和修正,完全独立的、绝对的文本是不存在的。读者对作品的接受是一种阐释活动,不同时代或国家的读者的审美情趣、期待心理、阅读习惯等等都会对作品的评价产生巨大的影响。同时,作品本身也并非对事件的准确无误的描述,有很多"意义空白",需要读者参与进来进行想象，没有交代清楚的地方，需要读者利用自己的生活经验、知识、想象进行创造性的增补，使之浮现在脑中或眼前。因此，接受美学充分考虑到了阅读活动中人脑的认知特点。从作者创作的角度看，接受美学也发挥着作用。作家在创作过程中，文学接受已经对其产生影响，因为作家必须考虑读者的"期待视野"，即作家要考虑自己正在创作的作品要面向什么样的读者，自己的作品能否被接受。一部作品如果能够唤醒读者以往的阅读记忆，就能使得这类文本的风格被完整地保持，或改变、重新定义。

接受美学认为，文学接受包含垂直接受和水平接受。所谓垂直接受是从历史的纵向维度考察读者对作品的接受情况，即寻找不同年代读者对同一部作品产生不同意见的原因，不同时代背景下读者们对作品的期待心理、审美情趣、阅读习惯以及因此造成的对创作的影响，以不断发现作品的潜在含义。而水平接受则是指，同一时代的读者因为身份、文化等差异，对同一作品的接受也会不同。因此，文学接受中的读者不是一般意义上的读者，而是文学的一个必不可少的部分，读者的能动性是构成作品意义的重要因素。

当接受美学被比较文学接纳，就产生了接受学，正如陈惇所说，"以比较文学的目光审视接受理论视域中的文学活动，不难发现它并非是一种指向作为客体的、物的世界的对象性活动，而是一种作为主体的人与人之间关系的沟通活动，是连接人与人之间的思想、情感和认知的一种'人际交流活动'。接受理论中的文学的这种人际交流的性质，决定了文学难以摆脱其观察者而独立存在。因为读者是参与创作的力量，作品的意义要通过读者的接受才能显现出来。这种研究趋势进入比较文学研究领域时，一种新的比较文学研究类型——接受研究就出现了。"[1]

首先，比较文学接受学强调读者的跨国界、跨语言、跨文化接受研究，即读者对别国或异文化作家作品的接受和阐释，特别是要揭示因文化差异产生的变异。接受学以读者为中心，处于不同文化背景中的读者面对同一个文本时，因为文化修养、知识水平、欣赏趣味等接受背景不同，而产生不同的阅读反应和意义解读。比较文学接受学的重要任务就

---

[1] 陈惇等：《比较文学》，北京：高等教育出版社，1997年，第479页。

是要分析异域读者产生不同反应的原因,并探讨其规律。其次,接受学还要考察别国文学进入本土后被翻版、改写、再创造并发生变异的过程。如果运用接受学的视角,可以了解哪些成分被读者接受,哪些内容被读者忽略,哪些内容经过读者意识的过滤后变形。例如,二十世纪二十年代,意象派诗人对中国古典诗歌的借鉴和接受,是接受学和文化变异的一个典型案例。庞德对孔子、李白等中国文化资源的接受,无不经过了变形。最后,从方法论上看,接受学可以采用实证的方法,也可以采用审美的方法;但往往以审美方法为主,以实证方法为辅,也可以多种方法混合使用,"比较文学接受学的研究也可以是历史的方法、哲学的方法,还可以运用文学社会学、文学心理学的方法等,也可以多种方法综合运用。"[1]

---

[1] 曹顺庆:《比较文学教程》,北京:高等教育出版社,2006年,第144页。转引自曹顺庆、徐行言主编:《比较文学》,重庆:重庆大学出版社,2016年,第211页。

二、布鲁姆的新阅读论

布鲁姆的误读论是其文学批评理论中的重要组成部分。根据这一点，美国著名文学理论家艾布拉姆斯把布鲁姆归为读者反应论一派。他在《文学术语汇编》中解释"读者反应论批评"（Reader-Response Criticism）这一术语时说："在美国，读者反应理论的支持者通常会反对新批评的主张，即文学作品是一种自给自足的对象，应当分析其内部特征和结构，而非读者的回应等'外部'情况。新的批评家强烈反对这种观点，他们把注意力完全转向读者的反应和形成这些反应的因素。"[1]艾布拉姆斯注意到，布鲁姆正是这样一位新的批评家。布鲁姆在他的阅读理论中使用了心理分析，尤其是弗洛伊德防御机制的概念，来说明阅读过程中前辈作家对后辈作家的负面影响，"布鲁姆对弗洛伊德概念的使用比霍兰德更复杂，然后他得出了一个类似的结论，一个文本之中没有确定或正确的意义。所有的'阅读是误读'，它们唯一的区

---

[1] M. H. Abrams, *A Glossary of Literary Terms* (7th edition), Boston: Heinle&Heinle, 1999, p. 258.

别就是有些是'强势的'误读,有些是'薄弱'阅读。"①艾布拉姆斯指出,布鲁姆与德里达、斯坦利·费什一样,提出了一种新的阅读理论,这一"新阅读"(New Reading)论侧重于读者或者批评家的解读和阐释。"都基于进入文本阐释却被忽略了的那个方面的洞察而建构了自己的阅读战略",他的理论"不是简单地用来解释我们实际上如何进行阅读,而是要用之传播一种新的阅读方式,颠覆已经人所公认的阐释并以人们所未曾料到的别种可能来取而代之"②,布鲁姆自己对这些阅读的看法则是:"它们都是强势的误读,由于他屈服于自己对自主性的需要,屈服于由其批评前辈施加在他身上的影响焦虑,他们歪曲了他们所阅读的文本。这些阅读不是要给出什么关于正确性的标准,它们的价值,仅仅取决于它们在什么程度上是'具有创造力且有趣的误读'。"③

那么布鲁姆的误读观内涵是什么?他认为,一首诗是

---

① M. H. Abrams, *A Glossary of Literary Terms* (7th edition), Boston: Heinle&Heinle, 1999, p. 258.
② M. H. 艾布拉姆斯:《以文行事:艾布拉姆斯精选集》,赵毅衡等译,南京:译林出版社,2010年,第253页。
③ M. H. 艾布拉姆斯:《以文行事:艾布拉姆斯精选集》,赵毅衡等译,南京:译林出版社,2010年,第269页。

诗歌中的新人面对诗歌传统之中强大前辈的成就时，感受到的"影响的焦虑"。诗歌传统中的新人要在诗歌这个十分繁盛的传统中取得独创性，就必须先学习前人的成就。但是前人的影响不是善意的传递，前人的影响会使后辈淹没在浓重的阴影里，因此"在文学中，影响的焦虑不一定是诗歌传统中后来者的情感反应。不论作者是否感受得到，它总是指在文学作品中已经获得的焦虑。"①例如，乔伊斯的《尤利西斯》和《芬尼根的觉醒》就是试图超越莎士比亚和但丁焦虑的体现。影响的焦虑广泛存在于诗歌之间，一首诗要与另外一首诗竞争原创性，它通过修正策略、心理防御与修辞方法对前辈成就进行有意歪曲和误读。而读者和批评者在解读文本时，就是要解读诗歌中诗人与前辈诗人之间的竞争关系，这种竞争关系是诗歌意义产生的必要条件。竞争是内在的，诗人总是试图掩盖自己原创性的来源，因此，诗歌解读必然是批评家的创造性误读，"解读……是一种迟来的、不可能的行动，强力解读总是一种误读。文学的意义总是难以确定

---

① Harold Bloom, *The Anatomy of Influence*, New Haven: Yale University Press, 2011, p. 6.

(underdetermined), 而文学语言却变得过于确定 (over-determined)。批评不一定总是一种意义判断的行为, 而是一种决定的行为, 决定诗歌意义的行为。"①这种"决定诗歌意义"的批评是以诗歌没有意义为前提的, 诗歌既是后辈诗人对前人的有意误读, 又是批评者对这种关系的再次误读, "诗歌的影响……并非意味着前辈诗人的意象和观点传给后辈诗人。我认为, 影响意味着不存在文本, 只存在文本之间的关系。这种关系依赖一种批评行为, 即一个诗人对另外一个诗人的误读或误释。这与强大的读者面对文本时所采取的必要的批评行为没有质的区别。"②从这个意义上说, 诗歌与批评文本没有什么本质不同, 都是发挥想象力、运用强力意志扭曲先在文本, 影响关系既支配着写作, 也支配着阅读, "因此阅读是一种误写, 正如写作是一种误读。随着文学史不断延长, 所有的诗歌必定变成韵文式的批评, 而批评变成

---

① Harold Bloom, *A Map of Misreading*, Oxford: Oxford University Press, 1975, p. 3.
② Harold Bloom, *A Map of Misreading*, Oxford: Oxford University Press, 1975, p. 3.

散文式的诗歌。"①

同时，误读还是一个心理冲突的过程。作家写作时对前辈作家的焦虑，读者阅读时对作品的解读，都具有相似的心理过程。换言之，读者解读诗歌和诗人创作诗歌时都要采用心理防御的手段来防范前人，对前辈诗人的成就加以误读，防止被漫长传统中的诗歌淹没。诗歌中后辈诗人对前辈诗人的防御过程与弗洛伊德的防御机制有共同之处。弗洛伊德的防御机制就是为了防止无意识中各种本能的、不符合社会规范的能力在意识中出现，心理中的一系列过程和操作都来对抗无意识本能。这些防御的手段包括反应-形成机制、压抑、升华、退化（regression）、内投和外射等等。诗歌中的修正手段也是如此，利用各种手段压制已经存在的、作为诗歌来源的前辈诗人，而这一过程是内化的，在后辈诗人的意识中发生的，所以诗歌的修正手段与心理分析的防御手段有一致性。同时，读者和批评家对诗歌之间、诗人与诗人之间关系的解读，是把自己的意愿和欲望强加给诗歌作品

---

① Harold Bloom, *A Map of Misreading*, Oxford: Oxford University Press, 1975, p. 3.

的，这一过程也存在着大量的心理操作过程。而且弗洛伊德对人格结构的分析，对心理防御机制的描绘并不是通过科学验证得到的，而是通过比喻等修辞手法描述的，这一点莱昂内尔·特里林（Lionel Trilling）在其《弗洛伊德与文学》一文中已有论述，所以心理防御与修辞、与布鲁姆的修正比紧密联系在一起。克里纳门等同于心理防御中的形成-反应机制，对自己恐惧的不在场事物的渴望，类似于修辞中的反讽；苔瑟拉与心理防御中的颠覆、逆转相联系；克诺西斯与心理机制中的毁灭（undoing）、孤立和退化一致；魔鬼化可与压抑的心理防御机制等同；阿斯克西斯与升华相关联；阿波弗里达斯则与内投和外射联系在一起。

  与比较文学接受学相比，布鲁姆的阅读接受理论更复杂一些，他把十六世纪犹太神学家卢利亚的创世说也包含在这个复杂的误读之图中。卢利亚的创世故事分为三个部分：第一阶段为Zimzum，即英语中的limitation and contraction，意为造物主的后退和收缩，以建立不包括他自身的宇宙；第二阶段为Shevirath hakelim，即英语中的the breaking of vessels，意为容器的打破，指旧秩序的破坏和大灾难的发生；第三阶段Tikkun，即英语中的restitution，意为恢复、复原，指人类通过自己的劳作对上帝的奉献。从美学意义上说，第一步的后退和收缩，是限制某些形象的意义；第二步打破容器或者说意象的支离破碎，是用一种形式取代另外一种形式；第三步的复原则是通过表现和自由创造来重新塑造形象。布鲁姆把诗歌中的修正比与卢利亚的创世说联系在一起。克里纳门和苔瑟拉等同于卢利亚的限制和收缩的阶段，克诺西斯和魔鬼化等同于替代阶段，而阿斯克西斯和阿波弗里达斯阶段等同于表现阶段。因此布鲁姆通过这样的分析，提出了一个既可以用来分析文学作品又可以分析诗人之间关系的复杂图示。[①]

  与比较文学不同，布鲁姆的接受变异论主要体现在语言层面。文字的字面意思就是文字的早先状态，与诗歌中的前辈处于相同的位置，它们都阻挡在作者与本源意义之间，使得终结意义不能显现。一个诗人要避免在诗歌创作中的"死亡"，他既要去防范诗歌的字面意思，又要防范前人的独创

[①] Harold Bloom, *A Map of Misreading*, Oxford: Oxford University Press, 1975, p. 84.

性的修辞,不得不同前辈竞争,作殊死搏斗以争取原创性,防止独创性的消失。从读者和批评的角度看,诗歌中的意义并不存在于文本之中,诗歌的意义在于诗歌与诗歌、诗人与诗人的竞争关系,但是这种意义的不确定性使得读者和批评家去创造和赋予诗歌意义,去想象一个诗人与另外一个诗人的关系,因此解读诗歌之间和诗人之间的竞争关系要通过修辞来确定。尼采认为因果关系是一种虚构,是通过修辞手法来实现的,布鲁姆也认为诗人之间的影响是一种修辞的结果,是一种"对诸比喻的比喻",同时布鲁姆又把修辞同维柯联系起来。布鲁姆通过维柯认识到正统的犹太教和基督教有明确的意义来源——上帝,上帝并不存在于语言之中,而非犹太教的异族人没有确定的意义来源,因此常常通过占卜(divination)来预言未来,而占卜的过程就是利用语言来创造意义的过程。"对维柯来说,模糊无限的世界,矛盾的、不确定的意象世界都是诗歌的宇宙,这一结果如同人深陷堕落的肉体一样。按照维柯的说法,深陷肉体意味着我们既要忍受对于因果关系和意义根源的无知,而又要去追寻根源。

维柯的洞见就在于诗歌来源于我们对意义根源的无知。"①

布鲁姆的接受变异理论,不涉及外在的文化习俗、法律制度、生活境遇等因素,他的接受变异理论是为了阐明文学本身的规律。英国十九世纪著名诗人罗伯特·布朗宁的《恰尔德·罗兰来到暗塔》(*Childe Roland to the Dark Tower Came*)成为误读图示的一个范本。布鲁姆认为,高塔就是罗兰心中的意义来源,就是诗歌中父辈诗人的象征,就是人格结构中的本我,因此罗兰去高塔的过程变成了寻求意义的过程,只不过这一过程是内化的,是思想意识的一次旅程。从获取诗歌本源意义上来说,诗歌的本源不可获得,只能通过误读而获得,因此罗兰到暗塔的旅程中的诗歌意象就变成了利用一种修辞到另外一种修辞,用一种心理防御策略替代另外一种心理防御策略,从一种修正比到另一修正比的过程。从自身误读的角度看,诗歌可以分为三个部分,第一到第八节是开始部分,第九到第二十九节是第二部分,第三十到第三十四节是第三部分。这三部分正好符合卢利亚犹太卡巴拉

---

① Harold Bloom, *Poetry and Repression*: *Revisionism from Blake to Stevens*, New Haven: Yale University Press, 1976, p. 5.

创世说的三个阶段：第一部分为神灵在创世前抽身而去，以创造一个不包含自身的世界，即限制自身；第二部分逐渐转为一个邪恶的神灵来替代上帝创造世界，因此在诗歌中表现为用一种形式替代另外一种形式，如第一阶段中逐渐用提喻的修辞手法替代反讽的修辞；第三部分为人类通过自己的努力表现和创造自己的世界，反应在诗歌中就是通过自己的修辞、意象和修正比取代先前的修辞、意象来获得自己的原创性。布鲁姆认为西方文学史上的重要作品大体上都经历了这样的修正和误读过程，只不过一个修正比替代另外一个修正比的次序可能会发生改变，如魔鬼化先于克诺西斯而发生，但是"至关紧要的不是这些比率的精确次序，而是替代的原则，各种表现和限制乃是不断按此原则互相应答的。诗人的力量存在于他的替代技巧和发明"①。

在《诗歌与压抑——从布莱克到史蒂文斯的修正主义》中，布鲁姆认为宗教文本在成为正典的过程中总是伴随着误读。一个宗教文本在没有变成经典以前，人们对它

---

① 哈罗德·布鲁姆：《误读图示》，朱立元、陈克明译，天津：天津人民出版社，2005年，第103页。

的抄写是比较随意的，但是它一旦成为正典文本，人们对它的抄写就会极其严格，即使里面的错误也会被严格抄下来而广泛流传，因此这种经典化是一个误读的过程，但是"抄写中的经典化过程是一种无趣的、虚弱的和徒劳无益的（unproductive）误读"①。但是另外一些宗教文本成为经典则是一种强力误读的结果，比如正经中的《传道书》（Koheleth 或 Ecclesiates）与次经《西拉书》(the Wisdom of Jesus Ben Sirach 或 Ecclesiasticus) 就存在早期版本与后期版本之间的误读关系。《传道书》约成书于公元前250年，相传是所罗门王所作。布鲁姆认为这是一个"美丽但错误的观点"，因为《传道书》是对《托拉经》的强力误读，如《传道书》的第三节第十四行呼应了《申命记》的第四节第二行和第十三节第一行，但是把原文中对宗教律法作用的强调改为了对人在律法下的无能为力的突出；《传道书》也呼应了《列王记》《撒母耳》《利未记》的一些篇章，但是把原文中对正义和公正（righteousness）的强调，变为了

---

① Harold Bloom, *Poetry and Repression: Revisionism from Blake to Stevens*, New Haven: Yale University Press, 1976, p. 29.

人在道德上犯错的不可避免。因此,《传道书》中的内容掺杂了犹太智者Koheleth本人对宗教和人生世俗的看法,"与犹太教正统相比,它更接近怀疑性的人文主义(skeptical humanism)"①。《西拉书》则比《传道书》晚半个世纪出现,约写成于公元前200年,其内容和观点非常接近正统的犹太经典,是对《传道书》误读《托拉经》的再误读。在这两部经书谁能入选经典这个问题上,立场较自由的希列派(the Hillelites)拉比与坚持传统的煞买派(the School of Shammai)拉比展开了激烈的斗争。在公元90年的会议(the Council of Jamnia (Jabneh))中,煞买派认为《传道书》中存在多处自相矛盾,与上帝的启示不符,而且过于文学化,但希列派坚持认为《传道书》是所罗门王所作,有些篇章与《托拉经》一致。希列派最终取得了胜利,《传道书》进入经典变得合法化,而坚持正统的《西拉书》仅仅被列为次经。布鲁姆认为,希列派之所以坚持把《传道书》列为经典是因为他们是自由派教士,这一胜利

---

① Harold Bloom, *Poetry and Repression: Revisionism from Blake to Stevens*, New Haven: Yale University Press, 1976, p. 32.

有助于他们以后更自由地解释律法书,但更重要的原因在于《传道书》的美学价值打动了他们,"在修辞和观念上太优秀了,以致不能失去"①。因此,宗教文本经典化的过程就是一个误读的过程。

---

① Harold Bloom, *Poetry and Repression: Revisionism from Blake to Stevens*, New Haven: Yale University Press, 1976, p. 33.

第三节　译介学与误读论

布鲁姆的"误读"与"影响的焦虑"是紧密相关的观念，所谓误读（misreading/misprision）就是后辈作家为摆脱前辈作家影响而进行的创造性解读、有意识回避和强力歪曲。与此类似，比较文学研究中的重要组成部分——文学翻译中的"创造性叛逆"也涉及翻译者在译文中对原文所做的意义阐释、内容增删或形式、文体的改变。影响、误读和比较文学研究、文学翻译等领域中都包含对先在文本的创造性转化过程，因而具有相当程度的可相互阐发性和可比较性。

一、译介学的产生与翻译观念的泛化

近年来,译介学逐渐与比较文学中注重实证研究的媒介学区隔开来,成为一门显学,它研究和关注的是跨语言翻译过程中发生的种种语言变异现象,并探讨产生这些变异的社会、历史以及文化根源。

二十世纪七十年代以来,欧美学界兴起了以解构主义、后结构主义为核心理论的"翻译研究",这不仅革新了传统的翻译理论和实践,而且直接促成了译介学的产生。瓦尔特·本雅明、罗兰·巴尔特从不同角度质疑了原文的合法性,提升了译文的地位。本雅明指出:翻译是在语言之间进行的,而人类语言作为一种表达模式,不同语言之间本身就具有亲缘性。不过这种亲缘性并非追求译文对原文的本质性相似,"而是在一切形式中追求翻译的自我","译者的任务是在译作的语言中创造出原作的回声,因此译者必须找到作用于这种语言的意图效果,即意向性。"[①]巴尔特则提出了"作

[①] Walter Benjamin, "The Task of the Translator", in *The Translation Studies Reader*, Lawrence Venutti, London and New York: Routledge, 2000.

者已死"的说法，消解了作者对文本的绝对统治权，从而把文本的意义从作者的权威下解救出来，肯定了阅读者和阐释者对文本意义的重构。翻译不再是原作的附庸，而是原作意义的重新创造。

这种新兴的翻译研究不再把原文及其作者作为唯一的出发点和评判的标准，即不再将"信、达、雅"作为翻译是否成功的衡量标准，而是转向以译者和译文为中心，把翻译这一媒介从原文的约束中解放出来，使之成为相对独立的领域，并深入探究翻译行为和译文的效果是在何种社会文化机制下得以运作的。1999年，谢天振在其《译介学》一书中，重新诠释了译介这一概念，把它提升到一门学科的地位，革新了翻译研究的观念。他指出："译介学最初是从比较文学中媒介学的角度出发、目前则越来越多是从比较文化的角度出发对翻译（尤其是文学翻译）和翻译文学进行的研究。严格而言，译介学的研究不是一种语言研究，而是一种文学研究或者文化研究，它关心的不是语言层面上出发语与目的语之间如何转换的问题，它关心的是原文在这种外语和本族语转化过程中信息的失落、变形、增添、扩伸等问题，它关心的是翻译(主要是文学翻译)作为人类一种跨文化交流的实践活动所具有的独特价值和意义。"①

对于跨语言、民族的比较文学而言,文学翻译研究是一个非常重要的领域。文学翻译通常是跨文化、语言的文学进行交流并产生影响的起点和基础,影响往往"从逐字逐句的翻译开始,继而进入改编和模仿的高一级阶段,最后到接受影响后形成的独创性艺术品。"②但是,作为影响媒介的翻译过程并非清晰的、无歧义的从一种语言到另外一种语言的等价替换和同义交流。德里达在《巴别塔》中说:"人们把一种语言转化为另一种语言时常常没有充分考虑到在一个文本中暗含的两种以上意义的可能性。如何翻译同时用几种语言写作的文本?如何翻译文本的多义性?"③究其原因,除了时代精神、意识形态,甚至出版机构的干预外,有两点值得注意:其一,为了适应新的语言惯例和文化习俗,译者不得不

---

① 谢天振:《译介学》,上海:上海外语教育出版社,1999年,第1页。
② 乌尔利希·韦斯坦因:《比较文学与文学理论》,刘象愚译,沈阳:辽宁人民出版社,1987年,第30页。
③ Jacques Derrida, *Psyche: Inventions of the Other*, Stanford: Stanford University Press, 2007, p.196.

对原文进行创造性的转变。不同语言往往代表着不同的生活经验和思维方式,虽然不同语言文化之间有共通之处,但大多数情况下使用不同语言的人们对世界的感知是独特而细致的。因此,埃斯卡皮提出翻译是一种"创造性叛逆","说翻译是背叛,那是因为它把作品置于一个完全没有预料到的参照体系里(指语言);说翻译是创造性的,那是因为它赋予作品一个崭新的面貌,使之能与更广泛的读者进行一次崭新的文学交流;还因为它不仅延长了作品的生命,而且又赋予它第二次生命。"[①]因此,译者常有意地或无意地对原作进行不同程度的误译、漏译、转译、改编等。约瑟夫·T.肖说:"翻译是一项创造性的工作;翻译者把用另一种语言写成的、往往是不同时代的作品引进他那个时代的本国文学传统里。……然而,每一个翻译者多多少少都在使他的译作符合自己时代的口味,使他所翻译的过去时代的作品现代化。以往的翻译理论和实践允许对原作作一定的删节、增补和

---

① 埃斯卡皮:《文学社会学》,王美华、于沛译,合肥:安徽文艺出版社,1987年,第137-138页。

释义，形式可以改动，文体也往往可以变化。"[①]从文学接受的角度看，文学翻译迎合本国读者的阅读习惯是不可避免的，把一首诗从一种语言转换成另一种语言，"只有当它能投合新的听众（读者）的趣味时才能站得住脚。"[②]此类例子在葛浩文所译莫言作品中比比皆是。如葛浩文把《丰乳肥臀》中浓郁的佛教意象转化为基督教意象，把中文中的量词"丈""两""里"等译为foot、ounce、mile等；为了故事的可读性，他把小说"拾遗补阙"中的内容调整为正文情节。其二，文学翻译，尤其是诗歌翻译，必然包含阐释的过程。按照新批评学派的观点来看，文学语言常常是灵动的、充满联想意义的、偏离常规的，诗歌语言的含混、反讽、隐喻是其本质特征。事实上，一首诗并非总能孤立存在，它的语言和意象等因素必然与其他诗歌呼应，其意义也飘忽不定、难以把握。韦努蒂认为，"作品的意义是多元的。一个译本只是临时固定了作品的一种意义，而且，这种意义的固定（亦即

[①] 约瑟夫·T. 肖：《文学借鉴与比较文学研究》，见《比较文学译文选》，刘介民编，长沙：湖南人民出版社，1984年，第267页。

[②] 乌尔利希·韦斯坦因：《比较文学与文学理论》，刘象愚译，沈阳：辽宁人民出版社，1987年，第36页。

翻译）是在不同的文化假设和解释选择的基础上形成的，并受到特定的社会形势和不同的历史时代的制约。意义是一种多元的、不定的关系，而不是一成不变的、统一的整体。"①然而文学翻译必须克服语言多层次的复杂意义指向，确定原文的意义后，才能进行有针对性的语言转换，因为"文学翻译（其他翻译也一样）大致可分为两个阶段，即分析阶段和综合阶段。……两者之中，分析是文学翻译创作的前提。"②分析是指译者在翻译之前要仔细研读和理解原文，综合就是译者要考虑如何用译语表达的问题。文学翻译中"分析"和"综合"的过程是意义阐释的过程，是在多种意义并存的文本中确定一种意义并用外来语表达的过程，伽达默尔认为："每一种翻译同时也是阐释……毫无疑问，我们正在做的是阐释，而非简单的复制。从其他语言带来的光亮洒落在文本上，对读者来说……翻译像所有的阐释一样，是一种意义的突显。所有严肃认真的翻译作品立刻比原文更清晰、更扁平。翻译即使是熟练精巧的再创造，也一定缺少了原文中颤

---

① 郭建中：《当代美国翻译理论》，武汉：湖北教育出版社，2000年，第190–191页。
② 谢天振：《译介学》，上海：上海外语教育出版社，1999年，第135页。

动的弦外之音。"①虽然伽达默尔的观点在很多情况下是适用的,但并非毫无瑕疵。译者如果在同一个主题上有更深刻的理解,用本国语言进行了精妙的表达,仍然可能使得译文的意义具备原文的微妙,而非一定会变得"更清晰、更扁平"。或者说,倘若原文本身的水平不高或"弦外之音"不多,译者的译文完全可能比原文更丰富。波德莱尔对爱伦·坡诗歌的翻译就是一例。然而,不管译文比原文是高明还是低劣,我们都无法否认翻译必然对原文进行阐释和再创作的事实。

二、布鲁姆的误读论与翻译

韦斯坦因说:"在翻译中,创造性叛逆几乎是不可避免的。……从文学接受的角度看,字对字的翻译在任何情况下(特别是在翻译抒情诗时)都不是无懈可击的。把一首诗从一种语言转换成另一种语言,只有当它能投合新的听众(读

---

① Hans-Georg Gadamer, *Truth and Method*, New York: Crossroad, 1989, pp. 384—386.

者)的趣味时才能站得住脚。"①乔治·斯坦纳曾提出过"理解即翻译"的观点②,希利斯·米勒也提出了类似的看法,"即使一部作品被另一国或另一种文化中的人用原文阅读,这也是一种翻译。"③斯皮瓦克在《翻译的政治》中指出,阅读就是一种翻译。

布鲁姆也提出了类似的观点,他宣称:"'阐释'曾经意味着'翻译',而且现在基本仍然如此。"④但是他所理解的阐释与翻译中的阐释有所区别,其阐释建立在事实、意义和真理的虚无主义之上,"阐释是指引入意义,不同于解释。……不存在事实,所有的事物都流动不居,神秘而难理解。"⑤因此,布鲁姆的批评就变成了对文本的有意误读或创造性的阐释。布鲁姆的误读具有双重性质:误读既是创作

---

① 乌尔利希·韦斯坦因:《比较文学与文学理论》,刘象愚译,沈阳:辽宁人民出版社,1987年,第35页。

② George Steiner, *After Babel*: *Aspects of Language and Translation*, Oxford: Oxford University Press, 1975, p. 1.

③ J. Hillis Miller, "Border Crossing, Translating Theory", in *New Starts*: *Performative Topographies in Literature and Criticism*, Taipei: The Institute of European and American Studies, Academia Sinica, 1993, p. 3.

④ Harold Bloom, *A Map of Misreading*, Oxford: Oxford University Press, 1975, p. 85.

⑤ Harold Bloom, *Kabbalah and Criticism*, London: Continuum, 2005, p. 60.

过程中作者对前辈作品的创造性解读及偏离,又是读者或批评家对文本做出意义判断的行为。他说:"影响关系既支配着写作,也支配着阅读,因此阅读是一种误写,正如写作是一种误读。"①对于有野心的年轻作者来说,前辈的影响和成就会扼杀他们成为独创性作家的机会,但已经成名的经典作家作品不会消失,年轻作家只有通过歪曲解释经典作家,才能找到自己安身立命的支点。他说:"诗歌影响在涉及两位强大的、真正的诗人时,总是一种对前辈诗人的误读(misreading),是对前人的创造性修正和必要的误释(misinterpretation)。"②一首诗要与另外一首诗竞争原创性,必须通过修正策略、心理防御与修辞方法对前辈成就进行有意歪曲和误读。此外,与后辈作家对前辈作家的创造性解读类似,批评家的阐释也必然是一种创造性的赋义行为。诗歌的意义是权力意志的产物,是强者诗人和读者的意志创造出来的。布鲁姆说:"强力解读总是一种误读。……批评

---

① Harold Bloom, *A Map of Misreading*, Oxford: Oxford University Press, 1975, p.3.

② Harold Bloom, *The Anxiety of Influence*, New York: Oxford University Press, 1997, p.30.

不一定总是一种意义判断的行为，而是一种决定的行为，决定诗歌意义的行为。"①诗歌既是后辈诗人对前人的有意误读，又是批评者对这种关系的再次误读，"我认为，影响意味着不存在文本，只存在文本之间的关系。这种关系依赖一种批评行为，即一个诗人对另外一个诗人的误读或误释。这与强大的读者面对文本时所采取的必要的批评行为没有质的区别。"②从这个意义上说，诗歌与批评文本没有什么本质不同，都是发挥想象力、运用强力意志扭曲其他文本的阐释过程。

总之，文学翻译中的创造性叛逆观无疑看到了普遍存在于文学翻译中的困境，是对文学翻译忠实度可望而不可即和"翻译不可能性"的无奈体认。从源文本到目标文本的翻译转化过程中必然存在着译者的主体性、创造性发挥和对源文本的背离、叛逆，但译者仍然试图建立两者之间的平衡、对应和替换。然而，布鲁姆的误读更多着力于分析作者的创作

---

① Harold Bloom, *A Map of Misreading*, Oxford: Oxford University Press, 1975, p.3.
② 同上。

过程，即年轻作者对前辈作者的成就进行有意歪曲，以便为自己获得创作空间的过程。他认为文学创作不可避免是一种阐释行为，是后辈作家误读前辈，对先在作品加以改编、重新赋义的行为。具有创造性的解读和误读不仅发生在后辈作家对前辈作家身上，还发生在批评家对作家作品的评价上。作品的意义是主观的，是被后辈作家、强力读者（或专业读者）强加的。他不仅接受这一点，而且积极构建了复杂的误读方法体系。罗伯特·奥特在《布鲁姆的"J"》一文中总结了布鲁姆《J之书》的主要观点，但批评布鲁姆未仔细阅读《希伯来圣经》原典，而仅仅依赖罗森堡的英语译本做出判断，因为罗森堡的译文存在很多明显错误，布鲁姆的许多重要结论是从这些错误译文中得出的，因此十分不可信。

第四章

比较文学与布鲁姆跨学科研究

二十世纪六十年代以来,"理论"的产生打破了学科之间封闭的疆界,文学研究的范式产生了很大的变化,比较文学研究也进入了所谓的"理论阶段"。文学作品与作品之间的横向比较让位于对文学与音乐、绘画、雕塑等艺术门类的比较,甚至文学与哲学、宗教、历史、社会科学,甚至自然科学的联系也成为该学科的研究对象。布鲁姆在同一时期进行了不少类似的研究。文学与其他学科的关系成为比较文学及布鲁姆文学批评理论的重要关注点。

第一节　比较文学与布鲁姆的跨学科研究

十八世纪以来，文学作为社会文化中的一个子系统，与其他学科领域一样，受到现代社会分工的影响，逐渐建立了自己的学科规范，划定了自身独立的疆界。然而，文学毕竟成长于人类社会的大环境之中，它无法也不可能摆脱艺术、人文科学、社会科学等知识领域的影响而独立存在。因此，比较文学中的跨学科研究为探究文学与知识领域的融通提供了可能性。哈罗德·布鲁姆常被称为"说意第绪语的约翰逊博士"①,意指他涉猎广泛,知识渊博。他的批评和研究不限于一国或一个时代的文学,而是不断通过跨越界线,恣肆地把不同领域的知识整合,相互比较、拷问。因此,布鲁姆百科全书式的批评实践与比较文学的跨学科研究产生了精神上的共鸣和联系。然而,布鲁姆的批评理论与实践在多大程度上是比较文学式的?他的跨学科研究为比较文学中的跨学科研究提供了什么启示?同时,比较文学的跨学科研究又为评价布鲁姆的文学批评提供了何种参照?这是本章着重讨论的问题。

一、作为比较文学理论和方法的跨学科研究

1. 比较文学跨学科研究的提出

从时间上说,跨学科研究并不是产生于比较文学学科之后,而是自古以来就有。早在古希腊时期,亚里士多德在《诗学》中就对文学与历史进行了比较,指出文学是比

---

① Imre Salusinszky, *Criticism in Society*, New York and London: Methuen, 1987, p. 72.

历史更有价值的学科,"诗是一种比历史更富有哲学性、更严肃的艺术,因为诗倾向于表现带普遍性的事,而历史却倾向于记载具体事件。"①十六世纪,英国诗人锡德尼在其名作《为诗一辩》中,比较了文学与哲学、历史的关系,他说:"历史家由于不得不如实地叙述事物,就不能淋漓尽致地描写完美的模范,否则他就要诗人化。"②此外,克罗伊(A. Coeuroy)的《音乐与文学》(1923)、帕蒂森(B. Pattison)的《英国文艺复兴时期的音乐与诗歌》(1948)等等,从不同侧面探讨了文学(诗)与音乐、绘画等不同艺术门类的类同关系。

比较文学在学科成立之初,它仅仅是文学史的一个分支。法国比较文学研究的主将伽列和基亚,都把比较文学研究限定在文学史的范围内,把它的学术目标限定在梳理"国际文学关系史"和欧洲各国的精神交流史,因此,跨学科研究在很长时间内没有被比较文学接纳,成为比较文学的研究

---

① 亚里士多德:《诗学》,陈中梅译注,北京:商务印书馆,1996年,第81页。
② 锡德尼:《为诗一辩》,见《西方文论选》(上),伍蠡甫编,上海:上海译文出版社,1979年,第237页。

对象。1958年,在美国北卡罗来纳州教堂山市举行的第二届国际比较文学会为比较文学的发展带来了转机。会上,美国著名学者雷纳·韦勒克发表了《比较文学的危机》一文,猛烈抨击了法国学派"影响研究"的自我设限与唯科学主义、实证主义倾向,他说得好:"迄今为止,文学研究仍然未能确定一个明确的研究课题和一套具体的研究方法。这个明显的事实表明,我们的文学研究至今仍然处于一种不稳定的状态。巴登斯贝格、梵·第根、伽列和基亚虽然提出过一些纲领性的意见,但在解决这个基本的任务上,我认为他们仍然是失败的。他们将一套陈旧过时的研究方法强加于比较文学,使之陷入十九世纪僵死的唯事实主义、唯科学主义和历史相对主义的掌握之中而不能自拔。"[①]他呼吁比较文学研究回到文学的"内部研究",为美国"平行研究"的流行提供了理论基础。

亨利·雷马克同样对法国学派提出了质疑,他提出,文学与其他学科相互影响,紧密相关,不可能脱离其他学科而

[①] 勒内·韦勒克:《批评的诸种概念》,罗纲等译,上海:上海人民出版社,2015年,第261-262页。

单独存在,"在美国占统治地位的比较文学观念在大体上一直包括'比较艺术'研究或与这类研究紧密相关,它甚至还和文学与科学、文学与心理学、文学与政治、文学与宗教等课题联系在一起,因为即便撇开相互影响的问题,这些通过类比和对照进行的比较也一定会生动地显示出上述各领域特殊的本质和作用",但是在法国,"学者们已经做出了对文学与相关学科的比较研究与比较文学这一领域无关的结论。当这类研究被提及时,它们被归入了'总体文学'的领域。"[①]雷马克提出了比较文学中跨学科研究的问题,"比较文学是超出一国范围之外的文学研究,并且研究文学与其他知识和信仰领域之间的关系,包括艺术(如绘画、雕塑、建筑、音乐)、哲学、历史、社会科学(如政治、经济、社会学)、自然科学、宗教等等。简言之,比较文学是一国文学与另一国或多国文学的比较,是文学与人类其他表现领域的比较。"[②]跨学科研究的目的是把文学放进人类文化的整个体系之中,

---

[①] 亨利·雷马克:《比较文学的法国学派和美国学派》,见《比较文学研究资料》,北京师范大学中文系比较文学研究组选编,北京:北京师范大学出版社,1986年,第73页。

[②] 亨利·雷马克:《比较文学的定义和功用》,见张隆溪选编:《比较文学译文集》,北京:北京大学出版社,1982年,第1页。

使文学的学者、教师、学生以及读者能把文学作为一个整体来理解,而不是把文学看作孤立于其他知识领域的学科,"要做到这一点的最好方法,就是不仅把几种文学相互联系起来,而且把文学与人类知识与活动的其他领域联系起来,特别是艺术和思想领域;也就是说,不仅从地理的方面,而且从不同领域的方面扩大文学研究的范围。"[①]雷马克提出的跨学科研究为比较文学研究打开了一扇大门,为比较文学研究注入了新的活力。

2. 跨学科研究的理论基础和内容

美国学者认为跨学科的文学研究是比较文学研究的重要内容。例如,雷马克认为比较文学研究不仅是跨语言、跨国界的不同文学的比较,而且是文学和其他文化领域的比较研究。从上述拓展了的比较文学定义可以看出,文学的跨学科比较应当包含如下两个层次:(1)文学与艺术的比较;(2)文学与其他人文社会科学、甚至自然科学的比较。首先,文学与音乐、绘画、雕塑、建筑等艺术门类的比较

[①] 亨利·雷马克:《比较文学的定义和功用》,见张隆溪选编:《比较文学译文集》,北京:北京大学出版社,1982年,第7页。

是可行的。此类比较往往建立在形式与内容、影响与生成等方面,例如,诗歌与音乐的相互阐发引起了许多批评家的关注。有论者把艾略特的《四个重奏》与相应的音乐形式进行了比较。这组诗歌的结构与五个乐章的音乐类似。诗歌中的陈述和反陈述相当于严格奏鸣曲一个乐章中的第一和第二主题;第二乐章以两种不同的形式处理同一个主题,类似于用两组乐器演奏同一旋律,成为和声或复杂的变奏;第三乐章与音乐的联系不大;而第四乐章则是一个抒情的部分;第五乐章则再现了诗歌的主题,并对整个主旨加以发挥。然而,不论文学与音乐,文学与雕塑,还是文学与绘画的比较,往往被涵盖在美学的领域,目的在于探究不同的艺术形式之间的会通之处和共有规律。其次,文学还可以与宗教、心理学、哲学等人文社会科学进行比较。比如,《圣经》和西方文学的关系难分难解,《圣经》中的故事和《雅歌》本身就是很好的文学范本,宗教观念在不同时期的文学中有形式各异的表现。就哲学与文学的关系来说,哲学可以为文学提供认识世界的工具,形成新的文学流派。但哲学家往往会利用文学手法甚至文学故事作为阐释自己观念的手段。比如,柏拉图认为世界的本质是"理念",现实世界是对理念世界的模仿,只是理念的影子;而诗歌等艺术形式是对现实世界的模仿,是影子的影子,与真理相去甚远,影子论无疑利用了文学中的暗喻修辞手法。

因此,比较文学跨学科研究又被称为"科际研究""交叉研究""跨类研究"等。它主要包括以下几个研究方向:(1)文学与艺术的关系,主要研究文学与绘画、音乐、建筑、雕塑、戏剧影视等艺术门类的相互阐发;(2)文学与其他人文学科的关系,即哲学、历史、宗教、心理学等对文学产生的影响;(3)文学与社会科学的关系,即政治学、经济学、法学、社会学、统计学等与文学的互惠关系;(4)文学与自然科学的关系,它既可以指从自然科学的角度出发对文学作品进行精确的分析,又指文学对自然科学研究方法的影响。

二、布鲁姆的跨学科研究

布鲁姆对跨学科比较的关注并不亚于比较文学学者。

他认为文学特别是诗歌,与宗教、哲学、心理学等在本质上都是相同的。首先,宗教文本与文学作品在精神实质上没有差异。布鲁姆把《圣经》当作文学作品来解读,"我本人并不相信《托拉经》揭示了上帝之言,它与但丁的《神曲》、莎士比亚的《李尔王》、托尔斯泰的小说无异,都是富有文学崇高性的作品。"①作者J把亚卫(即上帝)描写为一个具有复杂性格的文学人物,比如他行为不检点,坐在圣树下大吃大喝,吞食烤牛肉和奶酪;在西奈山上大发雷霆,对追随他的人群充满了厌恶;内心卑鄙,用不光彩的手段谋杀了摩西,"亚卫在《J之书》中就像哈姆雷特一样,是一位文学人物。"②《J之书》和《哈姆雷特》《李尔王》《神曲》《伊利亚特》,以及华兹华斯的诗歌和托尔斯泰的小说相比,本质上说没什么不同,都是想象性的文学作品。此后,基督教认为上帝的行为过于人性化,通过多次修改成为今天人们熟悉的全知、全能、全善的上帝。其次,布鲁姆认为哲学、心理学

---

① Harold Bloom and David Rosenberg, *The Book of J*, New York: Grove Weidenfeld, 1990, p.11.

② Harold Bloom and David Rosenberg, *The Book of J*, New York: Grove Weidenfeld, 1990, p.12.

等理论文本与文学性质相同,即都是审美性与竞争性的。布鲁姆对柏拉图的哲学和文艺观进行了创造性解读,柏拉图提出"理念论""影子论"并把诗人赶出理想国,很大程度上是因为要回避荷马的影响来取得自己的原创性,"朗吉努斯认为,柏拉图全部的哲学生涯就是与荷马无休止的争斗,因为荷马被从《理想国》里驱逐出去了;然而,驱逐的企图是徒劳的,因为是荷马而不是柏拉图长存于希腊人的学校课本里。"①另外,弗洛伊德的心理分析理论与文学是分不开的。例如,特里林认为弗洛伊德的精神分析学借鉴了文学手法,弗洛伊德"用来描述大脑空间关系的隐喻是十分不准确的,因为大脑不是一个空间。但是除了用隐喻外,没有其他方法表达这一复杂的概念……在科学时代,弗洛伊德需要发现我们如何利用比喻手法感受和思维,创造一种用隐喻、提喻和转喻等比喻手法等方式构成的心理分析科学。"②布鲁姆同意把弗洛伊德的心理分析视为文学,"我这里的讨论是将弗洛伊

---

① 哈罗德·布鲁姆:《西方正典》,江宁康译,南京:译林出版社,2011年,第5页。
② Lionel Trilling, *The Liberal Imagination*, Oxford: Oxford University Press, 1981, p.51.

德视为一位作家,并将精神分析学视同文学。"①弗洛伊德在理论论述中大量运用修辞手法,与文学作品如出一辙,"这种分裂预设人的人格如何构建,并假定存在着大量的神话或隐喻使这种构建充满活力(或以文学术语称之为戏剧性)。这里,弗洛伊德采用的修辞语汇包括心理能量、本能冲动和防御机制等等。"②弗洛伊德的心理分析理论极大借鉴了莎士比亚对人性矛盾和复杂情感的描写,但莎士比亚的高度使他相形见绌,因此他有意否认和逃避莎士比亚的影响。从这个意义上说,弗洛伊德的精神分析理论与文学作品无异。

总之,比较文学学者和布鲁姆都意识到自己的研究不能仅仅局限于文学本身,把文学置于更大的文化视野中才是更好的出路。比较文学的文化转向试图通过探讨文学与艺术、哲学、宗教、历史学、心理学、社会学、自然科学的共性和互照互应,来描绘人类思想文化史景观,通过把文学置于更大的舞台背景来彰显自身的价值。布鲁姆同样没有对文学以外的文化景象视而不见。但不同的是,布鲁姆以想象、虚

---

① 哈罗德·布鲁姆:《西方正典》,江宁康译,南京:译林出版社,2011年,第309页。
② 哈罗德·布鲁姆:《西方正典》,江宁康译,南京:译林出版社,2011年,第310页。

构、陌生、崇高和竞争等性质为标准扩展了文学的范围,消除了文学与理论、宗教和批评等的界限,把它们都包含在文学中。从表面上看,这一做法是回到了古代文学与其他学科不分的文化状态,实际上则以想象性、竞争性、陌生性的文学兼并了其他学科。从某种意义上看,布鲁姆实际上继承了瓦莱里的衣钵,瓦莱里说:"人们可以很容易看到,由'写作'产生的结果即哲学客观上是文学的一个特殊分支……我们不得不在诗歌的范围内为哲学安排一个位置。"[①]布鲁姆把文学和其他学科联系起来的纽带仍然是美学,即诗人或作家或作为读者的批评家超越前辈作家、传统、自我的意识和姿态,从根本上说,仍然属于美学的范畴。

---

① Jacques Derrida, *Margins of Philosophy*, trans. Alan Bass, Brighton: The Harvester Press, 1982, p.294.

第二节 文学与宗教文本

宗教与人类文明的各个方面都息息相关,"在世界很多文明之中,宗教就是文化,其他一切文化表现形式,如伦理学、文学等都是从属于宗教的,就此而言,文学与宗教的关系有点包含与被包含的关系。"[①]在文学与宗教之间进行跨学科的研究,具有十分重要的意义。

---

① 高旭东:《跨学科研究》,北京:北京大学出版社,2017年,159页。

一、文学与宗教的比较基础

从起源上说,文学从产生之日起,就与宗教纠缠在一起,二者之间存在很多共同之处。文学与宗教一样,同样产生于上古时代。根据研究,文学的产生与宗教巫术有着密不可分的关系,某些文学体裁和文学形式与宗教的仪式具有直接联系。例如,原始部落的宗教仪式与口头文学、神话传说具有共生关系,诗歌与戏剧往往与宗教祭祀活动不可分割。古希腊悲剧直接起源于祭祀酒神狄俄尼索斯的仪式,春天的酒神祭有歌队参加表演,歌队队员披着山羊皮扮演半羊半人神上场,一面唱着赞美酒神的颂歌,一面跳着简单的舞蹈,随后歌队队长站出来回答歌队的问话,讲述酒神在尘世的冒险、苦难和胜利的故事,后来又加进了表演动作的演员,悲剧便由此产生。"作为欧洲古代艺术代表的古希腊悲剧源于酒神节上纪念酒神死亡与再生的仪式,后来逐渐加入演员和情节,就由巫术仪式演变为悲剧诗了。"①

---

① 姚杰:《艺术概论》,北京:中国传媒大学出版社,2015年,第65页。

从文类上说,《圣经》等宗教经典中包括的内容比较庞杂,一般无法被归类于某一种文类形式,常被认为是一种百科全书式的文类。杰弗里·哈特曼认为《圣经》具有一种含混的"百科全书形式"(encyclopedic form),其中包含多种文学与其他各种类别,"从文类上说,它不是一种纯粹的形式,其中有传说、诗歌、法律规定、谚语(智慧文学)、历史叙述等多种形式。"① 《圣经》的混杂和亚里士多德在《诗学》中对各种体裁进行的严格划分,形成了鲜明的对比。同时,人们对《圣经》中的一些部分也有不同的解读,比如说,就《雅歌》的形式和内容而言,人们产生了很多看法:有人认为《雅歌》是一篇讽喻故事,既表现上帝过去对以色列人的爱,也表现上帝现在对教会和信徒的爱;有人认为《雅歌》是一篇神话,表现了太阳神和大地女神的姻缘;有人认为《雅歌》是一篇描写男女恋人的爱情故事;许多读者认为《雅歌》是戏剧,因为雅歌的某些版本里有详细的舞台

---

① Geoffrey Hartman, *The Third Pillar: Essays in Judaic Studies*, Philadelphia: University of Pennsylvania Press, 2011, pp. 180–181.

说明……①

　　文学与宗教都以想象作为表达方式。想象是文学创造的重要手段,是形象思维的主要内容,想象的事物不一定实际存在,它可以是从未存在过或者现实生活中不可能存在的事物形象,因而具有虚构性特征。对于文学中的想象,可以进一步加以区分,划分为再现想象和创造性想象。再现想象就是把别人描述过的和自己记忆中的形象再现出来,创造性想象就是通过把已有的形象进行分解、加工、联想、组合,创造出新的形象。一般而言,创造者和欣赏者一般都有这样的共识,即想象出来的文学都是虚构的。在宗教中,人们同样使用想象创造一种虚幻的现实和理想的状态,但宗教的信徒认为这些都是真实的,"宗教是诗,但是有一点与诗,与一般艺术不同,便是:艺术认识它的产物的本来面目,认识这些是艺术品,而不是别的东西;宗教则不然,以为它所幻想出来的是实实在在的东西。"②

---

　　① 勒兰德·莱肯:《圣经文学》,徐钟等译,沈阳:春风文艺出版社,1988年,第250页。
　　② 费尔巴哈:《费尔巴哈哲学著作选集》下卷,荣震华等译,北京:商务印书馆,1984年,第684页。

从性质上说，文学与宗教都要诉诸情感。文学的审美活动诉诸情感，人们通过对美的事物的感受获得愉悦；而宗教引起信徒对崇拜对象的敬畏感、依赖感和惊异感。文学具有审美作用，能够带给人情绪上的激动和感觉上的快意。文学家按照一定的审美观念对自然和社会生活进行选择、概括和加工，使作品具有了较自然和生活更高更理想的美，令读者获得愉悦。其次，文学反映社会生活中本身存在的大量美的事物，使读者产生精神的愉悦。然而，宗教也要诉诸情感。宗教感情是对"超自然"产生的一种既敬畏又有所求，既害怕又被吸引的感受。信仰者相信神不仅创造宇宙，而且掌握人类的命运，从而产生一种敬畏神的心理和迫切依靠神灵、求救于神的强烈愿望。当信仰者虚幻地体验到神的惩罚时，就会产生敬畏之情，请求神的宽恕；当人们体验到神的赐予时，就产生真诚的喜悦和欢乐。

二、文学与宗教跨学科研究的内容

文学与宗教的跨学科研究一般包括以下几个方面：

第一，宗教经典如何利用文学形式传达教义，即宗教经典的文学性问题。《圣经》是其中典型的代表，"《圣经》中出现的文学形式包括起源的故事、英雄叙事、史诗、滑稽模仿作品、悲剧、抒情诗、赞美诗、颂词、智慧文学、箴言、比喻、田园诗、讽刺、预言、福音书、使徒书、演讲和启示录。"① 具体而言，上帝创世、伊甸园、大洪水、挪亚方舟等章节是神话传说，亚伯拉罕、以撒、雅各等人的先知书属于民间传说，而约书亚、底波拉、基甸、耶弗他、参孙、撒母耳、扫罗、大卫、所罗门、伊利亚、以利沙等人的故事可以归为史传文学，《诗篇》《耶利米哀歌》是抒情诗，而《箴言》《约伯记》《传道书》是智慧哲理书，《路得记》《约拿书》《以斯贴记》等故事情节强，类似于小说。

第二，宗教经典与文学作品在内容上的共同之处。宗教故事为文学提供了丰富的素材，其情节或演化为习语、典故，或被改写、重述，或作为原型被续写和移植，成为文学创作无尽的宝库。另外，文学借助宗教表达对人生、世界的

---

① 勒兰德·莱肯：《圣经文学》，徐钟等译，沈阳：春风文艺出版社，1988年，第3页。

看法,"在每个时代之中,诗人们都根据那个时代的力量和局限,在人生的众多形象之中,展示了人作为一种能进行宗教崇拜的动物的形象,从而找到了种种方式来丰富我们的想象。"①就西方文学而言,希伯来文化和希腊文化是其精神底色。从古典时代到文艺复兴运动之前,大部分西方文学对基督教呈现出继承、巩固作用。在中世纪,文学成为宗教的侍女,被直接用来表现宗教观念,如圣徒传、宗教剧等,世俗作品如《罗兰之歌》《亚瑟王传奇》《神曲》等也深受基督教文化影响。托马斯·阿奎那说:"艺术作品起源于人的心灵,后者又为上帝的形象和创造物,而上帝的心灵则是自然万物的源泉……人的心灵在着手创造某种东西之前,也需受到神的心灵的启发,也需是学习自然的过程,以求与之相一致。"②文艺复兴时期,人文主义者吸收基督教思想为己用,如将创世神学中"人是万物的灵长"的思想发展为人性至上的观念,将耶稣"爱人如己"的思想与奥古斯丁对三位一体

---

① 海伦·加德纳:《宗教与文学》,江先春等译,成都:四川人民出版社,2003年,第222页。转引自段德智:《哲学的宗教维度》,北京,商务印书馆,2014年,第310页。
② 伍蠡甫:《西方文论选》(上),上海:上海译文出版社,1979年,第153—154页。

的描述发展为人人平等的思想。薄伽丘曾说:"不仅诗是神学,而且神学也是诗","诗是一桩实践的艺术,它发源于上帝的胸怀。"①莎士比亚的戏剧、薄伽丘的《十日谈》、马基雅维利的《曼陀罗华》都有基督教的文化因子。十七世纪至十九世纪,西方文学与基督教仍然关系密切,但更注重个性化的宗教经验和信仰表达。例如,《浮士德》是借用《约伯记》对善恶进行了辩证思考。二十世纪以来,经历了尼采哲学和第一次世界大战的影响,基督教的权威大不如以前,但乐园、原罪、末日审判等主题仍然在艾略特的《荒原》、乔伊斯的《尤利西斯》、戈尔丁的《蝇王》中出现,"个体的内在性更多渗入信仰者的信仰对象的超验性之中,超验的神圣世界信码(Code)的普遍一致性削弱了。超验的意蕴由一种普遍的、客观的(非个体化的)语义转变为一种非普遍性的、单纯个人的语义。"②

---

① 伍蠡甫:《西方文论选》(上),上海:上海译文出版社,1979年,第176–178页。
② 卢曼:《宗教教义与社会演化》,刘峰、李秋零译,北京:中国人民大学出版社,2003年,第12页。

三、布鲁姆的宗教文学批评

二十世纪九十年代以来,《J 之书》(*The Book of J*, 1990)、《美国宗教》(*The American Religion*, 1992)、《千禧年的预兆》(*Omen of Millennium*, 1996) 和《耶稣和亚卫》(*Jesus and Yahweh*, 2005) 相继出版,布鲁姆的影响远远超出了文学批评界,引起了美国社会的热烈讨论甚至争执。

布鲁姆在《美国宗教》中对美国的新教派别如摩门教、南方浸礼教等也进行了解读。在《美国宗教》中,布鲁姆再次重申了宗教经典是文学作品并具有诗性这一观点。布鲁姆认为美国的摩门教是有别于基督教正统的宗教,是充满想象力的美国宗教,"所有的宗教都是一种诗歌的流溢,不论好坏。史密斯及其观念中有某种东西仍是我们国家及其精神的核心"[①]。摩门教的创始人约瑟夫·史密斯利用极强的想象力创造的教会避开了制度化的基督教,把教会的源头与早期的犹太教义联系起来。比如,史密斯认为上帝是以人的形象

---

① 哈罗德·布鲁姆:《批评、正典结构与预言》,吴琼译,北京:中国社会科学出版社,2000年,第2页。

示人的，他只是被提升到神的宝座上的个人。他的神性是有限的，需要不停地与自身的空间和时间等局限性做斗争，"现在，尽管上帝被提升进入天堂，但他必定仍然要受到时间与空间的偶然性的制约。"① 史密斯的上帝观与《J之书》中的上帝亚卫有很大的相似性，都是有限的存在。上帝不能随时出现在任何地方，他的力量与人一样在不断增长，他没有创造这个世界，而只是"组织"了我们的世界。史密斯的人性化上帝颠覆了正统的基督教无所不在的、无所不能的、公正威严的上帝形象，而是把他还原为一个能力有限的造物。通过这种误读方式，摩门教与正统基督教派别被区分开来，史密斯虽然不是一个伟大的作家，却是《圣经》的一个伟大读者，或者说是《圣经》的创造性的误读者。摩门教就是对早期犹太教历史的强力误读，或者说创造性误读。这一误读行为是如此强有力，以致突破了一切新教的、天主教的和犹太教的正统。布鲁姆看到，史密斯正是利用想象的才能或禀赋创造出了一个"上帝之国"，并且利用匪夷所思的"一夫多

---

① 哈罗德·布鲁姆：《批评、正典结构与预言》，吴琼译，北京：中国社会科学出版社，2000年，第27页。

妻制"等把人提升到这个国度中成为与上帝一样的神。布鲁姆认为他的宗教想象力与文学的想象力一致,"他是如此地具有自我创造能力,以至于在我的想象的反应中他超越了爱默生和惠特曼,并以我们虚构的伟大形象而取得自己的地位,因为很多时候,他就像莎士比亚笔下的角色,高高凌驾于生活之上。"①史密斯在宗教经典中表现出的创造性误读与文学在本质上是同一的,"我们内心深处对创新的渴望为我们创造了约瑟夫·史密斯,如同这一渴望也送给了我们爱默生和狄金森、惠特曼和麦尔维尔、亨利·詹姆斯和威廉·詹姆斯一样。"②

宗教中的经书《J之书》来源于《希伯来圣经》,基督教圣经是以《希伯来圣经》为基础的,称其为《圣经·旧约》。《希伯来圣经》共由三部分构成:《托拉经》(或称为《旧约律法书》《摩西五经》,*The Law*;*Pentateuch*, or *The Five Books of Moses*)、先知书(*Nevi'im*, or *The Prophets*)

---

① 哈罗德·布鲁姆:《批评、正典结构与预言》,吴琼译,北京:中国社会科学出版社,2000年,第56页。
② 哈罗德·布鲁姆:《批评、正典结构与预言》,吴琼译,北京:中国社会科学出版社,2000年,第56—57页。

和圣卷（*Kethuvim*，or *The Writings*）。《J之书》就是《希伯来圣经》中的《摩西五书》，包括《创世记》（*Genesis*）、《出埃及记》（*Exodus*）、《民数记》（*Numbers*）、《利未记》（*Leviticus*）、《申命记》（*Deuteronomy*）等五部著作。所谓的"J"指《摩西五经》的作者"耶和华文献作者"(the Yahwist)，Yahweh的德语写法为"Jahweh"，就是指被错误拼写的Jehovah（耶和华）。大卫·卢森堡（David Rosenberg）把希伯来语的《圣经》翻译为英文，《J之书》则是布鲁姆根据卢森堡英文版的《希伯来圣经》对其进行文学解读的一部著作。虽然J生活的年代没有确定的证据可考，但布鲁姆假设J生活在约公元前900年，生活在所罗门王的儿子罗波安王的宫廷中。布鲁姆猜测"J是一位女性，她以女性的身份为同时代的人写作，同在《撒母耳下》（*2 Samuel*）中描述宫廷历史的强大男性作家进行友好的竞争"①。他的这一假设不是从女性主义批评的角度出发，而是认为"我们对《圣经》的解释都是学者们的虚构或者宗教上的幻想，一

---

① Harold Bloom and David Rosenberg, *The Book of J*, New York: Grove Weidenfeld, 1990, p.9.

般为某种倾向的目的服务"①，既然人们不知道J是个男性还是女性，他也可以发挥想象从自己的阅读经验出发而做出这一判断。

布鲁姆认为作者J写成的经书与基督教经过严格审查和多次修改的《圣经》区别很大，它看起来与莎士比亚的《哈姆雷特》《李尔王》、但丁的《神曲》、荷马的《伊利亚特》、华兹华斯的诗歌和托尔斯泰的小说没什么不同，都是想象性的文学作品。在J的想象性作品中，"亚卫虽然改变了样子，仍然是亚伯拉罕子女的上帝，也是信仰他的犹太教徒、基督徒和穆斯林的上帝。但是亚卫在《J之书》中就像哈姆雷特一样，是一个文学人物。"②作者J把亚卫描写为一个文学人物，像普通人一样有喜怒哀乐，比如他谋杀了不情愿听他命令的摩西，坐在圣树下大吃大喝，吞食烤牛肉和奶酪；在西奈山上大发雷霆，对追随他的人群充满了厌恶。从这样的角度看，作者J把西方宗教经典中的男性神描写得这样

---

① Harold Bloom and David Rosenberg, *The Book of J*, New York: Grove Weidenfeld, 1990, p.10.
② Harold Bloom and David Rosenberg, *The Book of J*, New York: Grove Weidenfeld, 1990, p.12.

不堪，由此推断，J是一位女性也是有可能的。布鲁姆在《西方正典》对此进一步补充说明，作者J很可能是所罗门王的母亲——希提特族女性拔示巴。大卫王贪恋她的美貌，想要把她据为己有，而故意使她的丈夫乌列殒命于战场。作为一位被霸占的异族女性，她把以色列人的上帝描写得面貌可憎，而对某些长老妻子和夏甲和塔玛等异族女性异常喜爱，这也说明她的身份。但是在此后数千年中，基督教《圣经》逐渐修正了J所描写的上帝，修正成今天人们熟知的全知、全能、全善的上帝，布鲁姆由此认为基督教的《圣经》是对《J之书》的强力误读。而布鲁姆重新对《J之书》进行解释并非还原历史的真相，而是对基督教圣经对《希伯来圣经》误读的误读。

布鲁姆的《耶稣与亚卫》（2005）是对《J之书》的进一步阐发。布鲁姆首先把拿撒勒的耶稣与耶稣基督、亚卫区别开来。拿撒勒的耶稣是一个历史人物，历史学家和圣经学者认为耶稣的父亲是约瑟夫，母亲是玛丽，弟弟是詹姆斯。他自认为是大卫王的后裔，常常到各地讲学游历，在三十七岁时被古罗马总督彼拉多钉死在十字架上。实际上，他具体的生活年代已经无法考证,但是布鲁姆认为耶稣没有参与反抗罗马人的战斗,而是通过不光彩的方法逃脱了罗马人的迫害,被钉死在十字架上的另有其人。耶稣逃到了被亚历山大大帝征服的印度北部。詹姆斯可能是耶稣的弟弟雅各的儿子或者孙子,而非他的弟弟。同时,基督教《圣经》中耶稣是一个文学人物。耶稣基督是基督教《圣经》中被神化了的耶稣,已经不是历史人物耶稣了。作为文学人物的耶稣经历了《马可福音》《马太福音》《路加福音》等塑造,人物个性极其复杂,比如在《新约》中耶稣使用反讽、箴言和寓言故事等各种方式表达看法,而非直抒胸臆,表现出复杂的自我意识,"耶稣的话像谜一样难解"[①],其中《马可福音》对耶稣的塑造参照了《圣经·旧约》中《以赛亚书》中对先知以赛亚的描述,因此布鲁姆断言耶稣像《旧约》中的先知一样,而并非上帝的儿子。通过对耶稣人格的文学化塑造,《新约》通过误读《旧约》摆脱了它的影响,布鲁姆说:"《新约》中充满了对《旧约·律法书》和《旧约·先知书》的焦虑,通

---

① Harold Bloom, *Jesus and Yahweh*, New York: Riverhead Books, 2005, p.29.

过利用文字史上最强有力和最成功的创造性误读,《新约》努力摆脱巨大的影响带来的痛苦。"① 《新约》摆脱《旧约》影响的中心步骤是把《希伯来圣经》转变为基督教《旧约》,以摆脱与《旧约》相比时产生的迟来性。基督教中耶稣的门徒和《新约》的作者们在其中发挥了重要作用,"《新约》被设计为一个多棱镜,它的先在文本在这里被误读、修正和解释。保罗特别擅长误读,而他之后的作者们……更精通篡改、颠覆和挪用的艺术。"② 在摆脱《旧约》影响的同时,《新约》的作者们也把耶稣的地位逐渐提升,他的作用取代了太人性化的亚卫(上帝)。布鲁姆认为,作为一个文学人物,耶稣像哈姆雷特一样,是有自己意识的。他通过各种手段与亚卫竞争,提高了在神学中的地位,如在《新约》中,耶稣、圣灵和圣母玛利亚取代了亚卫、圣灵和圣子耶稣的三位一体。因此,《新约》通过耶稣这一重要人物的塑造,超越了《旧约》的影响,取得了巨大成功。

---

① Harold Bloom, *Jesus and Yahweh*, New York: Riverhead Books, 2005, p. 36.
② Harold Bloom, *Jesus and Yahweh*, New York: Riverhead Books, 2005, p. 45.

四、布鲁姆宗教文学批评的性质

首先,布鲁姆从解构主义的立场出发,消解了文学与宗教经典、文学人物与宗教人物之间的区别。作为耶鲁解构主义学派的重要一员,布鲁姆在其理论中不可避免地表现出解构主义倾向,特别是接受德里达的解构主义观念。德里达的解构主义哲学是以解构传统的语言观开始的。索绪尔认为语言符号是由能指与所指构成的,语言符号与实际存在物之间不存在必然的指涉关系,而是一种"任意的"(arbitrary)和"约定俗成的"(conventional)的关系,语言符号所承载的意义不是确定无疑的。德里达基于索绪尔的语言差异性观点,认为语言符号的确定要依赖于其他符号,其他符号又依赖更多的符号来确定,因此能指不断指向更多的能指,无法与表示意义的所指联系起来,语言变成了无所指涉的自由游戏,不可能指向所指后面现实世界中的客观存在或者人的内在经验。德里达认为,西方形而上学的问题就是认定意义不在语言之内,是先于语言的本质存在,语言只是沦为一种表达经验和传达意义的手段和工具。真理、上帝、存在等概念虽然是整个西方形而上学的基础,是超然于我们这个体系的,但实际上,这些概念都是能指符号,它只能指向另外的能指,无法表达和指向真理。从这样的角度来看,宗教经典并非本质的存在,它们与其他文字作品没有什么不同。对布鲁姆来说,《圣经》等宗教经典没有为人们提供可靠的历史和事实,经文也并非上帝的旨意,不能指向绝对的真理和终极意义。《圣经》与文学作品的区隔是虚构的、人为的,它们本质上一样,都是文字书写,他说:"我本人并不相信《托拉经》是上帝之言,它与但丁的《神曲》、莎士比亚的《李尔王》、托尔斯泰的小说无异,都是富有文学崇高性的作品。"[①]

其次,更为重要的是,布鲁姆并非完全遵从德里达的理论,用语言来消解人的主体性,他突出文学经典与宗教经典中的"人性"或"诗性",以"诗性"消解和跨越不同体裁之间的界限。布鲁姆对诗的认识比较特殊,他认为诗既包括作为一种文学类型的诗歌,也泛指文学作品,更指具有诗性的非文学文本,即他不完全把它看作一种文学体裁,而是把

---

① Harold Bloom and David Rosenberg, *The Book of J*, New York: Grove Weidenfeld, 1990, p.11.

诗歌作为一种性质来看待,即各类文本中的"文学性"或者"诗性",即想象性、虚构性、创造性、竞争性等。他认为诗歌就是强力诗歌,强力诗歌就是伟大诗人想象力、创造、竞争意识的显现。诗人必然出生在一个具有辉煌历史的诗歌传统中,诗歌前辈中的强者早已开拓了每一块可以成就自我的领域,诗人面对这一传统必然具有焦虑感和迟来之感,而且时时感到自己的独特个性淹没于历史长河中的危险,所以诗歌的力量在于"战胜最伟大的死者,更是来自自鸣得意的唯我独尊"①。一首强力的诗就是一个诗人与前辈诗人竞争原创性的心理历程,"一个诗歌文本不是汇集在纸上的符号,而是一个心灵的战场。在这里,真正的力量在斗争以赢得唯一值得去赢的、无声无息的胜利"②。强力诗歌要表现这一竞争的胜利,必定体现在修辞、意象等多方面,因此"一首诗不是书写,而是重写"③,是对前辈诗歌的有意误读和修

---

① Harold Bloom, *The Map of Misreading*, Oxford: Oxford University Press, 1975, p.9.

② Harold Bloom, *Poetry and Repression: Revisionism from Blake to Stevens*, New Haven: Yale University Press, 1976, p.2.

③ Harold Bloom, *Poetry and Repression: Revisionism from Blake to Stevens*, New Haven: Yale University Press, 1976, p.3.

正。布鲁姆从上述诗歌概念出发，大大扩展了诗歌的范围，把诗歌的概念延伸到其他体裁的文本中，消除了诗歌与理论、宗教和批评等界限，把它们都包含在诗歌中。从表面上看，这种做法是回到了古代那种文学与其他学科不分的文化状态，实则以想象性、竞争性、陌生性的文学兼并了其他学科。在这样的前提下，布鲁姆把自己的影响误读理论应用到《圣经》等故事的创作分析中，消解了文学作品与宗教典籍之间的界限。

布鲁姆并非严格意义上的宗教学者，他接受访问时坦言："我对宗教的兴趣可以说是业余的。"[①]然而，他把宗教典籍作为文学作品来解读有明确的目的和意义。

首先，通过创造性误读打破了宗教禁忌对宗教文本解读的束缚，使人们对熟悉的东西忽然产生了陌生和奇异之感，从自以为是和麻木不仁中惊醒过来，重新审视被固化了的宗教文本，发现宗教典籍中的美。布鲁姆把宗教经文看作文学作品，把宗教人物作为文学虚构来看待，把影响误读理论应

---

① 张龙海：《哈罗德·布鲁姆教授访谈》，载《外国文学》，2004年第4期，第104页。

用在文本的解读中,得出的看法往往惊世骇俗,引发激烈争议。《圣经》中的故事已经深入西方人的意识中,内化为人的一部分,但布鲁姆在《耶稣和亚卫》中宣称,耶稣没有被钉死在十字架上,而是逃跑到了印度,《圣经》中的耶稣和上帝都成了个性丰富的文学人物。这些观点引起的剧烈反应是可以预料的,在《耶稣和亚卫》封底和封面的各种书评中,"挑衅的、煽动性的"(provocative),"爆炸性的"(explosive),"令人震惊的"(outrageous)等字眼比比皆是,反映了美国社会对布鲁姆著作的一般态度。布鲁姆期望获得这样的效果,他的目的就是通过对宗教文本的解读,把熟悉的事物变为陌生的、神秘的(strange, uncanny),使读者重新思考作品的美学内涵,"总之,我们无法深入理解《圣经》和世俗文学经典,因为我们对它们太熟悉了,我们已经深陷这些文本形成的语境中而无法自拔。"① 布鲁姆的《J之书》则通过创造性误读打破了宗教禁忌对宗教文本解读的束缚,使人们忽然对熟悉的东西产生了陌生和奇异之感,从自以为是和麻

---

① Stuart Gillespie, "The Bible as Literature by J. B. Gabel and C. B. Wheeler", in *Cambridge Quarterly* (19:3), 1990, p. 268.

木不仁中惊醒过来,"不管它里面存在什么错误,《J之书》的有益之处就在于它能激发人们摆脱对圣经文本的麻木自动反应。"①

其次,布鲁姆对宗教经典进行文学性解读,是以独具个人特色的方式回应了当今流行的文化批评。布鲁姆对文学批评中的"女性主义""新历史主义""西方马克思主义"等政治性批评极为反感,认为这些批评方法背离了文学的美学本质,把文学降格为社会学、政治学的对象,使文学成为文化研究的一个微不足道的分支。他坚决反对从政治、阶级、性别、族群等角度解读文学,坚持认为,"文学批评如今已被'文化批评'所取代:这是一种由伪马克思主义、伪女性主义以及各种法国/海德格尔式的时髦东西所组成的奇观。西方经典已被各种诸如此类的十字军运动所代替,如后殖民主义、多元文化主义、族裔研究,以及各种关于性倾向的奇谈怪论。"②但是,布鲁姆认为《J之书》是由一位女性写成

---

① Robert Alter, "Harold Bloom's 'J'", in *Commentary* (November), 1990, p. 30.
② 哈罗德·布鲁姆:《西方正典》,江宁康译,南京:译林出版社,2011年,"中文版序言"第2页。

的,这种离经叛道的观点在美国社会引起了爆炸性反应,各种指责之声纷至沓来,"读者每一次读到人称代词'她'的时候,都动摇了对《圣经》的先入之见"①。从表面看,这一观点是为女性主义批评观背书,但事实上,这只是布鲁姆"明修栈道,暗度陈仓"的把戏,以女性主义批评的外衣激起读者大众对宗教文本文学性的认识。

总之,布鲁姆把西方宗教典籍视为文学作品,以文学性、诗性消解了宗教作品与文学作品的界限。他的这一解读方式与传统的释经方式大相径庭,但与他二十世纪七十年代以来发展的影响误读理论是一致的。宗教作品中同样存在与前辈或先在的权威文本争夺影响、误读先在文本的倾向,在这一点上,宗教文本与文学作品或其他文本没有本质不同。布鲁姆的这一解读方式既激起了读者大众对熟悉事物的陌生和奇异之感,使他们获得了内在灵性的成长,又反击了过于关注人的社会性、集体性特性的社会批评、政治批评。布鲁姆的宗教文学批评再一次证明了其批评理论的人文主义本质。

---

① Robert Alter, "Harold Bloom's 'J'", in *Commentary* (November), 1990, p.30.

第三节　文学与心理分析

一、文学与心理学的互相阐发

　　文学与心理学具有十分紧密的关系。文学在创作和欣赏阶段都渗透着心理因素。文学既是文学史上各种因素的重组和复现，也是作家个人情感和人类集体意识的显露，因此，韦勒克说："与其说文学作品体现一个作家的实际生活，不如说它体现作家的'梦'；或者说，艺术作品可以算是隐藏着作家真实目的的'面具'或'反自我'；还可以说，它是一幅生活的图画,而画中的生活正是作家所要逃避开的。"①这些为文学与心理学展开跨学科研究提供了前提。心理学从文学中得到启示,心理学成为独立的学科之后,它又启发了文学创作和批评,到了现代,心理学对文学批评的渗透越来越深,成为文学与心理学相互关系中的主要内容。

事实上,在现代心理学成为一门独立的学科之前,文学早已在探索并且描绘人类的心理奥秘了。心理学与文学的关系紧密,文学比哲学更早地表现人类的心理。在《伊利亚特》和《奥德赛》中,就出现了不少心理描写,而希腊悲剧中的心理描写就更为丰富与深刻。在莎士比亚的悲剧中,心理刻画借着人物的内心独白表现出来,生动而又深刻。如果说司汤达的小说《红与黑》与过去的小说相比有什么不同的话,那就在于这部小说对人物心理的细腻深入的描写与对内心独白的处理,因此这部小说被认为是心理小说和意识流小说的先驱。从人物描写的角度看,文学创作的倾向也是由外在的形象描写转向人物内心的刻画。心理学诞生之后,对文

---

① 勒内·韦勒克、奥斯汀·沃伦:《文学理论》,刘向愚等译,杭州:浙江人民出版社,2017年,第66—67页。

学产生了更大的影响。例如詹姆斯既是实用主义哲学家，又是机能主义心理学家。他一方面要把心理学纳入科学的实验室，一方面又承认精神的复杂性与心理学方法的多元化，成为格式塔心理学与比较心理学的先驱。

文学与心理学跨学科研究的内容，主要是心理学对文学创作的影响和文学作品的心理学阐释，"对文学作品中所表现的心理学类型和法则的研究。"①精神分析学、柏格森对"物理空间"和"心理时间"的划分、威廉·詹姆斯的心理学理论等直接影响到意识流小说。詹姆斯在《心理学原理》中，认为人的意识呈现连绵不断的流动状态，过去的意识会浮现出来与当下的意识交织在一起，这种对"意识流"与"思想流"的描述对后来的意识流小说产生了直接的影响。从内容上看，意识流小说着重描写人的潜意识，由自由联想、内心独白构成。从形式上看，此类小说打破了传统的物理时间结构，运用时间蒙太奇和空间蒙太奇，将意识流剪接在一起，摒除传统小说的条理，没有连贯的时空和稳定的中心人物。

---

① 勒内·韦勒克、奥斯汀·沃伦：《文学理论》，刘向愚等译，杭州：浙江人民出版社，2017年，第69页。

弗洛伊德提出的意识、潜意识、前意识和自我、本我、超我等概念影响到了现代主义、超现实主义、意识流、表现主义、存在主义等文学流派的创作。布勒东曾宣称："弗洛伊德正确地将批评的锋芒指向梦境。心理活动如此重要的一部分竟还没有引起十分重视，这确实是不能容许的。"他期望人的意识从逻辑和理性中解放出来，文学要重视梦的发掘，"现时实非神秘之种种神秘或将逊位于单一的、真正的神秘。梦境与现实这两种状态似若互不相容，我却相信未来这两者必会融为一体，形成一种绝对的现实，亦即超现实。"①在超现实主义创作观中，潜意识、梦境、幻觉、本能才是创作的源泉。弗洛伊德提出的"俄狄浦斯情结"在文学作品中被反复运用。他指出，人在潜意识中的性本能被压抑成巨大的心理能量，即力比多，并形成所谓"情结"，"的确，在俄狄浦斯王的故事里，是可以找到我们的心声的，他的命运之所以感动我们，是因为我们自己的命运也同样可怜，因为在我们出生以前，神谕也就已将最毒的咒语加于我们一生了。很可能

---

① 布勒东：《第一次超现实主义宣言》，见高建平、丁国旗：《西方文论经典》第4卷，合肥：安徽文艺出版社，2014年，第329—330页。

地，我们早就注定第一个性冲动的对象就是自己的母亲，而第一个仇恨暴力的对象却是自己的父亲，同时我们的梦也使我们相信这种说法的。俄狄浦斯王杀父娶母就是一种愿望的达成——我们童年时期的愿望的达成。"①弗洛伊德以此为工具对《哈姆雷特》中主角的延宕行为进行了著名的分析，"为什么哈姆雷特对父王的鬼魂所吩咐的工作却犹豫不决呢？唯一的解释便是这件工作具有某种特殊的性质。哈姆雷特能够做所有事，却对一位杀掉他父亲，并且篡夺其王位、夺其母后的人无能为力——那是因为这人所做出的正是他自己已经潜抑良久的童年欲望之实现。"②弗洛伊德使用同样的概念来分析《卡拉马佐夫兄弟》，以此解释陀思妥耶夫斯基作品中的癫痫、犯罪、忏悔、赌博等内容。在阐释西伯利亚的政治流放时，弗洛伊德认为，"陀思妥耶夫斯基被作为政治犯的判刑是不公正的，并且他也一定知道，但是，他接受了卑鄙的

---

① 弗洛伊德：《梦的解析》，赖其万等译，北京：作家出版社，1989年，第167–168页。转引自高伟光：《西方现代主义与古希腊传统》，上海：上海文化出版社，2013年，第36–37页。
② 弗洛伊德：《梦的解析》，赖其万等译，北京：作家出版社，1989年，第170页。转引自高伟光：《西方现代主义与古希腊传统》，上海：上海文化出版社，2013年，第37–38页。

父亲，沙皇，所给予的不应有的惩罚，作为他对他生身父亲所犯罪行所应得惩罚的一个替代。代替自己惩罚自己，他受到他父亲的代理人的惩罚。"①

同样，弗洛伊德在《作家与白日梦》中分析了作家的创作心理。他提出文学艺术源于力比多的升华，作家与精神病患者类似，他们通过艺术创造来释放心理能量，获得欲望的替代性满足，"它具有其他更有价值的而非性的目标代替直接目标的力量"②，"艺术家本来就是背离现实的人，因为他不能满足其与生俱来的本能要求，于是他就在幻想的生活中放纵其情欲和野心勃勃的愿望。但是，他找到了从幻想世界返回现实的途径；借助原来特殊的天赋，他把自己的幻想塑造成一种崭新的现实。"③文学艺术是拒绝欲望之现实世界与满足欲望之幻想世界之间的缓冲地带，"一篇创造性作品像

---

① 弗洛伊德：《论艺术与文学》，常宏等译，北京：国际文化出版公司，2007年，第324页。
② 弗洛伊德：《论艺术与文学》，常宏等译，北京：国际文化出版公司，2007年，第116页。
③ 勒内·韦勒克、奥斯汀·沃伦：《文学理论》，刘象愚等译，杭州：浙江人民出版社，2017年，第80页。

一个白日梦一样,是童年期游戏的继续和替代。"①文学批评研究作者的经历和梦,就能破解作品背后的意图。在《列奥纳多·达·芬奇和他童年时代的一个记忆》中,弗洛伊德从达·芬奇的一个梦开始,用"力比多转移"分析了他的创作心理,从达·芬奇私生子的身份、母爱的缺失,以及性欲冲动的转移来解释达·芬奇许多画作的创作动机,"看来似乎只能是具有列奥纳多的童年经历的人才能画出《蒙娜·丽莎》和《圣安妮》,才能使他的作品获得如此哀伤的命运,才能作为一名自然科学家达到如此惊人的成就,似乎他的所有成就和不幸的答案藏在童年的秃鹫幻想中。"②

荣格的心理学理论也给了文学研究很多启发。与弗洛伊德不同,荣格认为,集体潜意识是人的心理结构中最深刻、最隐秘的部分,在经历时间的不断变迁后,逐渐形成"原型","原型是领悟(apprehension)的典型模式。每当我们面对普遍一致和反复发生的领悟模式,我们就是在与原型打

---

① 弗洛伊德:《论艺术与文学》,常宏等译,北京:国际文化出版公司,2007年,第101页。
② 弗洛伊德:《论艺术与文学》,常宏等译,北京:国际文化出版公司,2007年,第169页。

交道。"①他分析了出生、死亡、再生、英雄、儿童、骗子等许多原型。在荣格看来,艺术家通过集体无意识的自发性冲动写出了作品,"不是歌德创造了《浮士德》,而是《浮士德》创造了歌德。"②

二、布鲁姆与弗洛伊德的心理分析

布鲁姆理论著作中提到和引用的理论不计其数,令人眼花缭乱,无法分清到底哪个对他的理论产生了深远影响。在《雪莱的神话创造》中,布鲁姆引用了犹太存在论神学家马丁·布伯(Martin Buber)的话,在《幻想的伴侣》的"再版前言"中则对弗莱表达了敬意,而在"影响四部曲"中提到的理论家则数不胜数了:弗洛伊德、尼采、费伦茨、皮尔斯、安格斯·弗莱彻(Angus Fletcher)、肯尼斯·博克(Kenneth Burke)、维科、卢克莱修、卢里亚、索伦、尤

---

① 荣格:《心理学与文学》,冯川、苏克译,北京:生活·读书·新知三联书店,1987年,"译者前言"第5页。
② 荣格:《心理学与文学》,冯川、苏克译,北京:生活·读书·新知三联书店,1987年,第142—143页。

纳斯（Hans Jonas）、德里达、德曼、希利斯·米勒、哈特曼、佩特（Walter Pater）、奥斯卡·王尔德等等。事实上，贯穿布鲁姆诗学始终的最重要的理论来源是弗洛伊德和尼采，布鲁姆说："就我所能辨识的，本书提出的关于影响的理论所受到的主要影响乃是尼采和弗洛伊德。尼采是逆反理论的预言者，他的著作《道德谱系》（Genealogy of Morals）是我所接触到的对美学思想中的修正派和禁欲派思潮阐发得最深刻的一种研究。弗洛伊德对防卫机制及其矛盾功能的研究则为制约诗人之间内部关系的'修正比'提供了我所能找到的最清晰明了的可类比物。"[①]

弗洛伊德的影响是断不可忽视的。布鲁姆在其主要著作，如《影响的焦虑》《误读之图》等中每每论及弗洛伊德。除散见于论述中的讨论与引证外，也有专章论及弗洛伊德，其对弗洛伊德理论的偏爱可见一斑，如他在《西方正典》中《弗洛伊德：莎士比亚式解读》一文中认为：哈姆雷特并没有俄狄浦斯情结，而相反弗洛伊德确有一种莎士比亚

---

① 哈罗德·布鲁姆：《影响的焦虑》，徐文博译，北京：生活·读书·新知三联书店，1989年，第6—7页。

情结或者哈姆雷特情结,因为弗洛伊德从多个方面极力否认莎士比亚是《哈姆雷特》的作者,否认莎士比亚的创造性,是为了掩饰自己的独创性受到威胁的事实。他对莎士比亚的误读反而证明了他对莎士比亚既爱又恨的矛盾态度。"莎士比亚是审美自由与原创性的完美典范。弗洛伊德因莎士比亚而感到不安,因为他从莎士比亚那里了解了焦虑,正如他在自我中了解到了矛盾情感、自恋与自我分裂一样。"①因此有论者指出,鉴于布鲁姆对弗洛伊德理论的偏爱与偏离的双重态度,"依照这样一个逆反的逻辑,那我们是不是也可以以《布鲁姆:一种弗洛伊德式的阅读》为题来对布鲁姆施以同样的逆反策略呢?"②布鲁姆对作为自己理论前驱的弗洛伊德确有一种"弗洛伊德情结"。因此,有必要理清布鲁姆与弗洛伊德精神分析理论的关系,并对如下问题做出回答:布鲁姆与弗洛伊德有何契合之处,对其有何借鉴?布鲁姆如何修正了弗洛伊德?布鲁姆的修正策略对自己理论的构建有何作用?

---

① 哈罗德·布鲁姆:《西方正典》,江宁康译,南京:译林出版社,2011年,第324页。
② 哈罗德·布鲁姆:《批评、正典结构与预言》,吴琼译,北京:中国社会科学出版社,2000年,"译者序"第8页。

布鲁姆对弗洛伊德的概念和分析方法多有借用，其中最重要的有"焦虑""防御机制"和"家庭罗曼史"(family romance)。

焦虑是弗洛伊德心理分析中的一个重要内容。焦虑指由于内在或者外在原因在人的内心产生的一种恐惧、担心和精神上的痛苦。焦虑往往来源于外部世界的现实威胁，或者来自对本我（不受约束的性冲动）的恐惧或者与超我（理想信念）的冲突。弗洛伊德认为焦虑主要是性能量遭到压抑而产生的，人的性冲动受到阻碍无处发泄就会导致机体的紧张，因此焦虑是精神病的原因之一。布鲁姆在其代表作《影响的焦虑》中把弗洛伊德的焦虑与诗人联系起来，并做了发挥，使之成为诗歌创作中的心理本源动力。他认为，焦虑对于一个想要超越前辈、不被漫长的历史淹没的诗人来说是创造的推动力，焦虑是某种可以感觉到的东西；但那是一种不同于悲伤、哀痛或单纯的精神紧张的不愉快状态。焦虑是不愉快状态加上通过固定通道的输出或宣泄现象。这种宣泄现象减轻了构成焦虑之基础的"兴奋的亢进"。"因此，'分离'的焦虑乃是一种对于'被排斥'的焦虑，很快就会跟对'死亡'的焦虑汇成一体，亦即跟自我对超我的恐惧汇成一体。这一分析使弗洛伊德接近了他对强制性神经官能症所下的定义——对超我之恐惧。也使得我们更有信心去探索同样是强制性的诗人的忧郁症——即对影响的焦虑。"①因此，对于一个真正的诗人来说，诗歌产生于对无法形成诗歌自我和个性（identity）的恐慌，而这种焦虑正是诗人成为诗人、诗歌得以产生的原因，"当一位诗人经历了到达诗人地位的成长过程后，他对任何可能会结束其诗人地位的危险都将感到焦虑。对影响的焦虑是非常可怕的，因为它是一种分离的焦虑，同时又是一种强制式神经官能症的开始。这种神经官能症也可以称为对人格化的超我——死亡——的恐惧。……诗歌却并非源于'快感'，而是源于危险情景中的'不愉快'。这种危险的情景是一种焦虑的情景，其中'影响的焦虑'占据了很大一个部分。"②布鲁姆认为弗洛伊德的诗篇还不够严峻，比不上强者诗人们以创造性的生命谱写出的严峻诗篇，

---

① 哈罗德·布鲁姆：《影响的焦虑》，徐文博译，北京：生活·读书·新知三联书店，1989年，第58页。
② 哈罗德·布鲁姆：《影响的焦虑》，徐文博译，北京：生活·读书·新知三联书店，1989年，第58—59页。

因为强者诗人的诗歌并非把情感的成熟等同于发现可接受的替代物,把文学当作无法满足的梦想的补充和替代,诗歌并不仅仅是追求无止境的梦幻的满足,其本身就体现了人类最伟大的幻想——对不朽的幻想。

所谓防御机制,在精神分析中是指自我用来保护意识和情感免遭威胁的各种各样的无意识反应。弗洛伊德首先使用防御的概念,将其作为精神分析的术语。但他并没有对它进行分类,只是把它看作一种单一的压抑现象。在1930年代,他的女儿安娜·弗洛伊德,通过划分出一些主要的防卫机制扩充了他的理论,主要的防卫机制包括压抑和否定,防止不被自我接受的想法或冲动进入意识;次要的防卫机制主要包括外射和内射(projection and injection)、反向表现(reaction-formation)、移置(displacement)、升华(sublimation)等等。而弗洛伊德则认为升华是心理的重要防卫机制。无意识的很多内容是为社会习俗和文化传统所不容的,意识对无意识的欲望和冲动严加防范,因此无意识的欲望往往改头换面,通过别的途径宣泄出来,此即现实原则。在现实生活中人们过多的性的需求不能得到充分满足,只能把能量转移到文学想象和创作中去,或者转移到更好、更高、更有价值的社会和文化创造中去,如从事科学研究,人类文明的发展就是有赖于人类抑制自己的本能,使性能量服务于更高的社会文化目的。达·芬奇描绘了各种各样的圣母像,就是对早年故去的母亲情感的升华。莎士比亚的十四行诗、惠特曼的诗歌和普鲁斯特的小说都有把同性恋的倾向升华的因素。弗洛伊德的《作家与白日梦》对这一问题做了极好的说明,他认为孩子童年时期的游戏和作家的创作有内在的联系,"长大了的孩子当他停止游戏时,除去和真实事物的联系之外,他什么也没抛弃:代替游戏的是幻想。他在空中建造楼阁,去创作所谓的'白日梦'"①。作家就是在这样的白日梦中,让自己在现实中无法实现的愿望改头换面地出现在作品中,把自己等同于主人公,去实现小说中的故事。但是布鲁姆不赞同弗洛伊德对文学生成的看法,他否认升华是诗歌生成中最重要的机制和诗人创作过程中最重要的心理动因。作家创作的目的并非宣泄心中的能量,作品也不是无

---

① 朱刚:《二十世纪西方文艺批评理论》,上海:上海外语教育出版社,2001年,第114—118页。

法实现的欲望的替代形式,"弗洛伊德承认升华乃是人类取得的最高成就……弗洛伊德的升华涉及人们放弃初始形式的快乐,以求得较精致的快乐;也就是把第二机会的地位提高到第一机会之上。"①。

所谓"家庭罗曼史"是布鲁姆替代"俄狄浦斯情结"或"恋母情结"的一个说法。弗洛伊德于1910年分析《俄狄浦斯王》时注意到了男孩对母亲的这一心理现象。俄狄浦斯是索福克勒斯古希腊悲剧中的主人公,为反抗神谕中杀父娶母的预言,决定离开养育自己的父母(实际是养父母),结果在路途中与自己的亲生父亲发生冲突而将其杀死。同时,他因解除了危害民众的斯芬克斯之灾而被推举为底比斯国王,无意中娶了前任国王的王后即自己的生母为妻。弗洛伊德认为这其实是一种心理现象,男孩对母亲有性冲动,有对母亲的乱伦欲望和对父亲的仇恨心理,他说:"男孩子早就对他的母亲发生一种特殊的柔情,视母亲为自己的所有物,而把父亲看成是争夺此所有物的敌人;同理,小女孩也以为

---

① 哈罗德·布鲁姆:《影响的焦虑》,徐文博译,北京:生活·读书·新知三联书店,1989年,第7页。

母亲干扰了自己对父亲的柔情，侵占了她自己应占的地位。根据观察的结果，可知这些情感起源极早，我们称之为'伊谛普斯情结'（Edipus complex）"①。弗洛伊德在1913年出版的《图腾与禁忌》一书中提出，男孩早期的性追求对象是母亲，他总想占据父亲的位置，与自己的父亲争夺母亲的爱情。这就是恋母情结。弗洛伊德认为恋母情结是个人人格发展的一个重要因素，并用它来解释文化与社会的起源。俄狄浦斯情结违背了道德价值观，为社会所不容，因此这一心理现象被压抑在无意识当中，只是以种种伪装的形式表现出来。文学作品《哈姆雷特》和《卡拉马佐夫兄弟》都体现了弑父这一主题。弗洛伊德在精神病患者身上发现，对父母一方的强烈妒忌能够产生足够的破坏力。这种破坏力能产生恐惧，并因此对人格的形成和人际关系产生永久性的困扰和影响。由于时常在精神病患者身上观察到这样的现象，弗洛伊德假定这样的现象是一种普遍现象。弗洛伊德不仅假定俄狄浦斯情结是精神病的核心，而且试图在此基础上来解释文化

---

① 弗洛伊德：《精神分析引论》，高觉敷译，北京：商务印书馆，2011年，第175页。

中的其他复杂现象。布鲁姆利用弗洛伊德弑父情结说明诗人与诗人之间的关系,但完全不提恋母这一情结,把父亲、母亲与儿子之间的三角关系简化为父子之间的关系,完全排除了弗洛伊德对人类生物性本能的强调,他说:"如果把这种模式作为诗人之间的家庭罗曼史模式,那就必须做一些改变,不要把重点放在男性生殖器崇拜式的父亲身份上,而要多强调一下'优先权'。因为诗人们所经营的商品——他们的权威,他们的财产——都有赖于优先权。他们拥有的是——他们就是——他们在命名中首先生成的。"[1]而布鲁姆的"家庭罗曼史"是关于父亲和儿子两者之间关系的,着重强调父亲对儿子的生成作用,"本书所论述的只是势均力敌的强者之间的斗争,是父亲和儿子作为强大的对手相互展开的斗争:犹如拉伊俄斯跟俄狄浦斯相逢在十字路口。只有这样的斗争才是我的主题"[2]。

---

[1] 哈罗德·布鲁姆:《影响的焦虑》,徐文博译,北京:生活·读书·新知三联书店,1989年,第65页。

[2] 哈罗德·布鲁姆:《影响的焦虑》,徐文博译,北京:生活·读书·新知三联书店,1989年,第10页。

三、弗洛伊德的心理分析与文学

弗洛伊德的文本更被布鲁姆看作文学创作。在《西方正典》中,布鲁姆将心理分析学家弗洛伊德纳入二十六位作家中进行了文学分析。一般认为,弗洛伊德的心理分析是一门科学,与文学泾渭分明。但是,有些学者认为弗洛伊德的心理分析理论与文学是分不开的。著名学者莱昂纳尔·特里林在《弗洛伊德与文学》中认为,弗洛伊德对无意识的描述受惠于文学。人们一般认为心理分析理论为文学提供了一种批评方法,为人们分析文学作品中人物的潜意识提供了工具。但是心理分析在成为一门学科之前,诗人们和哲学家对人类潜意识的表述和分析就已经存在几个世纪了。弗洛伊德并非潜意识的发现者,他只是发现了"对潜意识加以研究的科学方法",但是文学与心理分析"关系是相互的,弗洛伊德对文学的作用与文学对弗洛伊德的作用一样大。"[①]弗洛伊德在理论构建中大量应用文学表现的修辞手法,虚构的成分十分

---

① Lionel Trilling, *The Liberal Imagination*, Oxford: Oxford University Press, 1981, p. 33.

突出。比如他在描述大脑的构成时,"带着目空一切的歉意告诉我们,他用来描述大脑空间关系的隐喻是十分不准确的,因为大脑不是一个空间。但是除了用隐喻外,没有其他方法表达这一复杂的概念……在科学时代,弗洛伊德需要发现我们如何利用比喻手法感受和思维,创造一种用隐喻、提喻和转喻等比喻手法等方式构成的心理分析科学。"①对此,布鲁姆完全赞同把弗洛伊德的心理分析著作看作文学作品,"我这里的讨论是将弗洛伊德视为一位作家,并将精神分析学视同文学。这本书探讨的是西方经典,在更适当的场合,我们称其为想象性文学,而弗洛伊德作为作家的伟大之处就在于他实际取得的成就。"②他的理论著作充满了修辞手法的应用,与文学作品如出一辙,"如果弗洛伊德有什么精髓可言,那就是他的心灵内部存在战争的见解。这种分裂预设人的人格如何构建,并假定存在着大量的神话或隐喻使这种构建充满活力(或以文学术语称之为戏剧性)。这里,弗洛伊德采用

---

① Lionel Trilling, *The Liberal Imagination*, Oxford: Oxford University Press, 1981, p. 51.
② 哈罗德·布鲁姆:《西方正典》,江宁康译,南京:译林出版社,2011年,第309页。

的修辞语汇包括心理能量、本能冲动和防御机制等等。"[1]弗洛伊德作为作家的成就得益于莎士比亚的戏剧,他极大借鉴了莎士比亚对人性矛盾和复杂情感的认识,但是在莎士比亚的成就面前,弗洛伊德的成就相形见绌,弗洛伊德接受了莎士比亚的种种观念,但他矢口否认莎氏的影响。比如,弗洛伊德认为《哈姆雷特》的作者另有其人,是与莎士比亚同时代的牛津伯爵。牛津伯爵出身上层,对宫廷生活十分熟悉,而莎士比亚的出身只是斯特拉福德镇手套制造商的儿子,成年后在伦敦剧院做演员,出身卑微,不可能接触到宫廷生活。此外,牛津伯爵自幼丧父,母亲改嫁,因此对母亲十分反感,与哈姆雷特的情况近似。同时,哈姆雷特之所以对篡位的叔叔没有痛下杀手,是因为他内心深处有弑父娶母的俄狄浦斯情结。布鲁姆认为,牛津伯爵对母亲的态度在伊丽莎白时代十分普遍,没有什么特殊的;俄狄浦斯杀死父亲不是有意而为,用来描述哈姆雷特不太确切,而弗洛伊德之所以这么做,是有意逃避莎士比亚的巨大影响力,突出自己的成

---

[1] 哈罗德·布鲁姆:《西方正典》,江宁康译,南京:译林出版社,2011年,第310页。

就,是对莎士比亚的有意歪曲和误读,他说:"哈姆莱特未曾有过俄狄浦斯情结,而弗洛伊德显然具有哈姆莱特情结,或许他的精神分析学就是某种莎士比亚情结!"①因此,弗洛伊德的精神分析在这个意义上看与文学无异。

---

① 哈罗德·布鲁姆:《西方正典》,江宁康译,南京:译林出版社,2011年,第309页。

第四节 文学与哲学

一、文学与哲学的共生状态

在人类文化史上的相当一段时期,文学与哲学并没有明显的划分界线,二者是一种相互掺杂、和谐共生的关系,哲学使用文学的语言表现自己,文学也表现哲学所关心的问题。

德国哲学家尼采的哲学对后现代主义文学理论和文学批评的影响是巨大的,他的虚无主义启发了德里达对西方形而上学中"真理""意义""本质"等概念的解构，尼采的哲学和修辞学同样对布鲁姆诗学产生了重大影响，这主要体现在布鲁姆对权力意志、历史和转义等理论的挪用。

首先，权力意志观是布鲁姆影响误读理论的重要来源。布鲁姆借鉴了尼采对"强者"和"弱者"的分类，把诗人分为"强者诗人"和"弱者诗人"两类，强者诗人勇于与传统开战以开拓属于自己的诗歌领域，建立自己独立的身份和存在。强者诗人为获得诗歌中的想象空间，需要如俄狄浦斯一样杀死父辈诗人，这是诗人运用强力意志的过程，是完全超越传统道德观念的。强者诗人需要运用生命意志误读前辈，而强力读者需要把自己的意志强加于诗人之间的关系上才能读出诗歌的意义。尼采借鉴了叔本华的"意志说"，认为意志充溢于世界中，但是他修正了叔本华的悲观主义倾向，认为意志是生命中的原动力，动植物的生老病死、人类的生长繁衍和社会文化活动等都离不开权力意志。权力意志就是力量意志与生命中的创造意志，"它也是创造性的意志。两种意义并存；现实的含义就是，以按我们的爱好创造事物为目的来获取权力的手段。对创造和改造的爱好——原始的爱好！

我们只能认识我们亲手造就的世界。"①人类通过这一原动力提升自己、获得权力,这必然要超越道德的束缚,道德的束缚必然会束缚人的粗犷激情,阻碍人获得充盈的生命形式。尼采以是否具有权力意志为标准把人分为两种类型:强者和弱者。最强者是极具创造力的人,他创造自己的理想,在他人身上贯彻自己的理想,并按照自己的理想改造他人,具有强力意志的个人,"又一次摆脱了一切道德习俗的约束,成了自治的、超道德习俗的个体(因为"自治"和"道德习俗"相悖);总而言之,我们发现的是一个具有自己独立的长期意志的人,一个可以许诺的人,他有一种骄傲的、在每一条肌肉中震颤着的意识,他终于赢得了这意识、这生动活泼的意识,这关于力量和自由的真实的意识,总之,这是一种人的成就感"。②同时,强者不接受道德价值对他的束缚,他认为人类社会中一切道德、意义、目的都是强者意志的表现,"一切'目的''目标''意义'都不过是与一切现象同时发

---

① 尼采:《权力意志》,张念东、凌素心译,北京:商务印书馆,2000年,第117页。
② 尼采:《论道德的谱系》,周红译,北京:生活·读书·新知三联书店,1992年,第40页。

生的意志的表现方式和变态,也就是权力意志的表现方式和变态。拥有目的、目标、企图,拥有全部的意愿,都与要强壮的意愿即增长的意愿差不多——此外,还有取得手段的意愿",因此强者需要重估一切价值,"一切估价都只不过是为这种意志服务的结果和更加狭隘的眼光。因为,估价本身就是这种权力意志"。①

布鲁姆诗学中的传统观深受尼采影响。尼采也不断论及现在与过去的关系,他认为人类总是受到先辈的影响,祖先对后代提供了精神和文化资源,人们对自己的祖先怀有负债之感,"对祖先负债的意识,必然地随着部落本身力量的增长而增长;部落本身越是胜利、越是独立、越是受人尊敬、为人惧怕,对于祖先的这种恐惧和负债意识就越是增长……每一个即将解体的征兆都总是会减少部落对其祖先精神的恐惧,都会降低部落对其祖先的才智、预见和实力的评价。"②人类依靠强力意志改变现在与未来,但是对过去发生的一切

---

① 尼采:《权力意志》,张念东、凌素心译,北京:中央编译出版社,2000年,第225页。
② 尼采:《论道德的谱系》,周红译,北京:生活·读书·新知三联书店,1992年,第67–68页。

无能为力,"意志对于一切已成的,无力改变:所以它对于过去的一切,是一个恶意的看客。意志不能改变过去;它不能打败时间与时间的希望,——这是它的最寂寞的痛苦。……它对于能忍受痛苦的一切施行报复,因为它自己不能返于过去。这才是报复:意志对于时间与时间之'已如是'的厌恶。"①诗人往往通过说谎对过去进行报复,而语言中的修辞是最好的说谎方式。尼采认为人类通过语言描述事物的本质,而事物的绝对本质是无法轻易感知的,由此,人们只是利用语言把感知和经验的突出特征表达出来,因此一切语言都是修辞性的,而比喻或转义(tropes)是语言中最典型的修辞技巧,它并非词语的字面意指,而是突显事物的突出特征,因此"一切词语本身从来就都是比喻……通常称为语言的,其实都是种比喻表达法"②。尼采在论及转义表达样式时,除分析隐喻、转喻、提喻等修辞手段的特征外,还提及比喻的比喻(metalepsis, transumption,一译"进喻")。

---

① 尼采:《查拉斯图拉如是说》,尹溟译,北京:文化艺术出版社,2003年,第153–154页。
② 尼采:《古修辞学描述》,屠友祥译,上海:上海人民出版社,2001年,第21页。

他认为这是一种在众多同义词中显现的某种异义现象,即在词语的本体和喻体间增加了一个中间环节。布鲁姆充分利用了尼采对传统的看法,他认为诗歌传统的影响像一个巨大的阴影笼罩在诗歌新人身上,诗人要摆脱前辈诗人的影响,需要采用修辞手法避免想象力的死亡,而比喻的比喻是摆脱死亡、成就自我的最高层次。

二、维柯与文学

从修辞的角度看,文字的字面意思就是文字的早先状态,与诗歌中的前辈处于相同的位置,它们都阻挡在作者与本源意义之间,使得终结意义不能显现。一个诗人要避免在诗歌创作中"死亡",他既要去防范诗歌的字面意思,又要防范前人的独创性修辞,不得不同前辈竞争、殊死搏斗以争取原创性,防止独创性消失。从读者和批评的角度看,诗歌中的意义并不存在于文本之中,诗歌的意义在于诗歌与诗歌、诗人与诗人的竞争关系,但是这种意义的不确定性使得读者和批评家去创造和赋予诗歌意义,去想象一个诗人与另外一个诗人的关系,因此解读诗歌之间和诗人之间的竞争关系要通过修辞来确定。尼采认为因果关系是一种虚构,是通过修辞手法来实现的,布鲁姆也认为诗人之间的影响是一种修辞的结果,是一种"对诸比喻的比喻",同时布鲁姆又把修辞同维柯联系起来。布鲁姆通过维柯认识到正统的犹太教和基督教有明确的意义来源——上帝,上帝并不存在于语言之中,而非犹太教的异族人没有确定的意义来源,因此常常通过占卜来预言未来,而占卜的过程就是利用语言来创造意义的过程,"对维柯来说,模糊无限的世界,矛盾的、不确定的意象世界都是诗歌的宇宙,这一结果如同人深陷堕落的肉体一样。按照维柯的说法,深陷肉体意味着我们要忍受对于因果关系和意义根源的无知,而又要去追寻根源这一情况。维柯的洞见就在于诗歌来源于我们对意义根源的无知。"[①]在维柯看来,每一位诗人都是迟于自己的前辈出现的,因此诗人要成为诗人,他必须压抑传统中的一些东西,而表现另外一些东西,必须通过一系列的修辞性比喻手法创造出意义的

[①] Harold Bloom, *Poetry and Repression: Revisionism from Blake to Stevens*, New Haven: Yale University Press, 1976, p.5.

来源。一个强力的诗人要像异教徒一样通过占卜预言来创造自己,"诗歌总是努力想象自己的本源,或者对本源说谎。诗歌通过一个有说服力的谎言重新想象自己的本源。诗歌利用修辞来获得说服力……因为他令人信服地把修辞的根源与诗歌逻辑的根源或者我所说的诗歌误释结合了起来。"[1]在维柯四种比喻——讽喻、转喻、提喻、隐喻——的基础上,布鲁姆又加上了夸张和转义的转义两种修辞手法。修辞手法要体现在诗歌的意象运用中,因此讽喻或者反讽对应诗歌意象中的在场与不在场(presence/absence),提喻对应部分与整体(part/whole)的意象,转喻对应充满与空虚(fullness/emptiness)的意象,夸张对应高与低(high/low)的意象,隐喻对应内部与外部(inside/outside)的意象,比喻的比喻(metalepsis)则对应早与迟(early/late)的意象。

---

[1] Harold Bloom, *Poetry and Repression: Revisionism from Blake to Stevens*, New Haven: Yale University Press, 1976, p.7.

三、柏拉图与文学

哲学、心理学等理论文本与文学是同质的，都是审美性与竞争性的统一体。柏拉图认为世界的本质是"理念"，现实世界是对理念世界的模仿，只是理念的影子，而诗歌等艺术形式是对现实世界的模仿，是影子的影子，与真理相去甚远。从功用上看，诗歌损害人的理性部分，鼓励非理性部分，破坏人的和谐本质，"模仿诗人对于人心也是如此，他种下恶因，逢迎人心的无理性的部分……并且制造出一些和真理相隔甚远的影像。"[①]因此，诗人不能进入理想国。布鲁姆对柏拉图的哲学和文艺观进行了创造性解读，他认为之所以柏拉图产生了这样的理论，是因为荷马对他的影响甚大，只有回避和对抗荷马才能取得自己的原创性，"批评家朗吉努斯认为，柏拉图全部的哲学生涯就是与荷马无休止的争斗，因为荷马被从《理想国》里驱逐出去了；然而，驱逐的企图是徒劳的，因为是荷马而不是柏拉图长存于希腊人的学校课本

---

① 柏拉图：《柏拉图文艺对话集》，朱光潜译，北京：人民文学出版社，1963年，第84—85页。

里。"①

布鲁姆"诗人中的诗人"一说是一种天才说，突出诗人的独创性和个别性，深深扎根于西方文学传统的"迷狂说""天才说"。柏拉图在《伊安篇》中较多地谈及"迷狂说"，他借苏格拉底之口说明诗人的灵感来源于神的凭附，诗人进入"迷狂"状态"替神立言"。苏格拉底对伊安说，诗人受到神力的驱使，像磁石把磁力传给那些相互连接的铁环，这些铁环相互吸引形成一条长链，而这些都是从磁石获得的力量，"诗神就像这块磁石，她首先给人灵感，得到这灵感的人们又把它传递给旁人，让旁人接上他们，悬成一条锁链。凡是高明的诗人，无论在史诗或抒情诗方面，都不是凭技艺来做成他们的优美的诗歌，而是因为他们得到灵感，有神力凭附着。科里班特巫师们在舞蹈时，心理都受一种迷狂支配；抒情诗人们在做诗时也是如此。"②柏拉图的"迷狂说"带有浓厚的神秘主义色彩，并且否认了诗人的能动作

---

① 哈罗德·布鲁姆：《西方正典》，江宁康译，南京：译林出版社，2011年，第5页。
② 柏拉图：《柏拉图文艺对话集》，朱光潜译，北京：人民文学出版社，1963年，第8页。

用，把诗人仅仅作为神的代言人，但是没有否认诗人需要特殊的能力才能写出诗歌。朗吉努斯认为天才虽然不是完美无缺的，但超越常人，崇高性则把这些天才作者提高到接近于上帝的无所不能的位置。约瑟夫·艾迪生说，天才无须艺术或者学问的辅助，"仅凭纯粹的天生才能就创造出了使他们那个时代愉悦、使子孙后代诧异的作品。在这些伟大的天生天才的体内，似乎有某种高贵而野性、狂放的东西。"① 威廉·赫兹里特认为艺术家往往受到一股强烈的与生俱来的冲动驱使，"独创性只不过是自然和感觉在心灵里发生作用"，"才能与天才有所不同。才能可以描述为与知识量有关，且不管知识是如何获得的；而天才则与知识的质量以及获得方式无关。才能是一种驾驭已知的观念或观念组合的能力；而天才则是驾驭未知的、尚不能为其制定明显的或准确的规则的观念的能力。或者说，才能是任何一种能力；而天才是与已显现出的能力不同的一种能力。"② 布鲁姆的诗人观与上述

---

① 拉曼·塞尔登：《文学批评理论——从柏拉图到现在》，刘象愚、陈永国等译，北京：北京大学出版社，2000年，第151页。
② 拉曼·塞尔登：《文学批评理论——从柏拉图到现在》，刘象愚、陈永国等译，北京：北京大学出版社，2000年，第159页。

天才论有共同之处，它们都强调主体的创造性。他认为，天才意为一个人或地方存在的精神，人的天才就是人的自然禀赋或者与生俱来的智力和想象力，"我们倾向把天才看作创造的能力，它与才能是不同的"①，才能正如一笔钱，不管数目多大，都是有限的，而天才一定是无限的。天才具有一定的神秘性，正如爱默生所认为的，是自我依赖的内心自我，这一自我不是历史、社会或语言构成的，而是原生的。但与其他批评家不同，布鲁姆认为文学天才的重要成分是极端的原创性，但是这一原创性是与前辈竞争得来的。天才既存在于莎士比亚、但丁、巴赫、莫扎特、米开朗琪罗、伦勃朗等艺术大家之中，也存在于宗教人物耶稣、穆罕默德身上。

四、文学与其他学科的比较研究

文学（literature）是一个复杂的概念，在十九世纪以前的西方历史中，它往往指"文献"和"印刷的书籍"，涵盖

---

① Harold Bloom, *Genius*: *A Mosaic of One Hundred Exemplary Creative Minds*, New York: Warner Books, 2002, p.7.

哲学、历史、神学、政治等领域的各种话语实践。直到十九世纪中期以后，文学的外延逐渐缩小，专指诗歌、戏剧、小说等想象性作品，现代意义上的文学观才真正成形。进入二十世纪以来，文学理论呈现出爆炸性成长和发展的局面，但是这一发展造成了对文学理解的更大混乱，因为文学批评家和理论家只有回答了"文学是什么"这个问题，对文学进行了界定，他们才能以此为出发点提出自己的批评方法，对文学作品进行解读和阐释等批评实践。"批评家和理论家们希望通过说明文学是什么来提倡他们认为是最重要的批评方法，并且摒弃了那些忽略了文学最根本、最突出的方面的批评方法。现代理论中'文学是什么'这个问题之所以重要就是因为把文学引发的解读实践摆在我们面前，作为分析这些话语的资料：把立即知道结果的要求搁置一下，去思考表达方式的含义，并且关注意义是怎样产生的，以及愉悦是如何创造的。"[①] 与文学一样，诗歌也是一个具有悠久历史的概念，其内涵丰富多变，布鲁姆对诗歌的认识则具有个人特

---

① 卡勒：《文学理论入门》，李平译，南京：译林出版社，2013年，第44页。

色。布鲁姆的理论与实践大多是对诗歌的分析与评价，虽然他在《影响的焦虑》《误读之图》和《诗歌与压抑——从布莱克到史蒂文斯的修正主义》等多部著作中对"诗歌是什么"进行了界说，但这些观点多与诗歌文本分析纠缠在一起，多显得散乱，因此，总结布鲁姆所界说的诗歌的内涵、外延，并对其进行分析和评价，有益于把握布鲁姆的诗学理论。

文学作为人类总体文化的一部分不是孤立存在的，它必然与文化体系中的其他部分产生紧密的联系和互动。文学与音乐、绘画、雕塑等艺术门类的关系是美学和艺术哲学的长期研究对象，文学与哲学、宗教、历史、社会科学，甚至自然科学的联系也极为紧密。因此，文学与其他学科的关系成为比较文学研究及布鲁姆文学批评理论的重要关注点。

美国学者认为跨学科的文学研究是比较文学研究的重要内容。例如，雷马克认为比较文学不仅是跨语言、跨国界的不同文学的比较，而且是文学和其他文化领域的比较研究。他说："比较文学是超出一国范围之外的文学研究，并且研究文学与其他知识和信仰领域之间的关系，包括艺术（绘画、雕塑、建筑、音乐）、哲学、历史、社会科学（如政治、经济、社会学)、自然科学、宗教等等。简言之,比较文学是一国文学与另一国或多国文学的比较,是文学与人类其他表现领域的比较。"①只有"把几种文学互相联系起来,而且把文学与人类知识与活动的其他领域联系起来,特别是艺术和思想领域;也就是说,不仅从地理的方面,而且从不同领域的方面扩大文学研究的范围。"②从上述拓展了的比较文学定义可以看出,文学的跨学科比较应当包含如下两个层次:(1)文学与艺术的比较;(2)文学与其他人文社会科学、甚至自然科学的比较。首先,文学与音乐、绘画、雕塑、建筑等艺术门类的比较是可行的。此类比较往往建立在形式与内容、影响与生成等方面,例如,诗歌与音乐的相互阐发引起了许多批评家的关注。有论者把艾略特的《四个重奏》与相应的音乐形式进行了比较,这组诗歌的结构与五个乐章的音乐类似。然而,不论文学与音乐,文学与雕塑,还是文学与绘画的比较,往往被涵盖在美学的领域,目的在于探究不

---

① 亨利·雷马克:《比较文学的定义和功用》,见张隆溪选编:《比较文学译文集》,北京:北京大学出版社,1982年,第1页。
② 亨利·雷马克:《比较文学的定义和功用》,见张隆溪选编:《比较文学译文集》,北京:北京大学出版社,1982年,第7页。

同的艺术形式之间的会通之处和共有规律。其次，文学还可以与宗教、心理学、哲学等人文社会科学进行比较。比如，《圣经》和西方文学的关系难分难解，《圣经》中的故事和《雅歌》本身就是很好的文学范本，宗教观念在不同时期的文学中有形式各异的表现。就哲学与文学的关系来说，哲学可以为文学提供认识世界的工具，形成新的文学流派。但哲学家往往会利用文学手法甚至文学故事作为阐释自己观念的手段。

总之，比较文学学者和布鲁姆都意识到自己的研究不能仅仅局限于文学本身，意识到把文学置于更大的文化视野中才是更好的出路。比较文学领域的文化转向试图通过探讨文学与艺术、哲学、宗教、历史学、心理学、社会学、自然科学的共性和互照互应来描述人类思想文化史景观，通过把文学置于更大的舞台背景来彰显自身的价值。布鲁姆同样没有对文学以外的文化景象视而不见。但不同的是，布鲁姆以想象、虚构、陌生、崇高和竞争等性质为标准扩展了文学的范围，消除了文学与理论、宗教和批评等的界限，把它们都包含在文学中。从表面上看，这一做法是回到了古代文学与其他学科不分的文化状态,实际上则以想象性、竞争性、陌生性的文学兼并了其他学科。从某种意义上看,布鲁姆实际上继承了瓦莱里的衣钵,瓦莱里说:"人们可以很容易看到,由'写作'产生的结果即哲学客观上是文学的一个特殊分支……我们不得不在诗歌的范围内为哲学安排一个位置。"[①]布鲁姆把文学和其他学科联系起来的纽带仍然是美学,即诗人或作家或作为读者的批评家超越前辈作家、传统、自我的意识和姿态,从根本上说,布鲁姆的理论仍然属于美学的范畴。

[①] Jacques Derrida, *Margins of Philosophy*, trans. Alan Bass, Brighton: The Harvester Press, 1982, p. 294.

通过对照布鲁姆的文学批评理论和比较文学中的重要概念范畴，我们加深了对布鲁姆和比较文学的认识和理解。首先，布鲁姆的文学理论与批评实践和比较文学紧密相关，对深化比较文学的学科建设具有一定意义。布鲁姆拓展了比较文学在影响论、文学翻译和跨学科研究上的认识。布鲁姆认为对影响关系的考察应当集中于作者对抗前辈、读者对抗作者的创作和接受心理过程；文学翻译和文学批评具有相同本质，都是对源头的重写、阐释，甚至是创造性的误读；文学与其他学科的比较应当集中在美学方面。其次，比较文学的概念、范畴和研究方法突显了布鲁姆影响诗学的不足和片面。布鲁姆的影响诗学更贴近美国学派而非法国学派，重视作者的创作心理、创造过程和读者的接受与能动阐释过程，而较为忽视考察传播过程和事实联系。同时，布鲁姆的理论从本质上说仍然属于美学范畴，抗拒从更大范围内阐释文学，因而总体上呈现出一种保守的文学观。

参考文献

英文文献

Abrams, M. H. *A Glossary of Literary Terms*. Boston: Heinle & Heinle, 1999.

Abrams, M. H. *Natural Supernaturalism*: *Tradition and Revolution in Romantic Literature*. New York: W. W. Norton, 1973.

Ableman, Paul. "The Flight to Lucifer Harold Bloom". Spectator 244 (May 1980): 21.

Allen, Graham. *Harold Bloom*: *A Poetics of Conflict*. Loughborough: The Harvester Wheatsheaf, 1994.

Alter, Robert. "Harold Bloom's 'J'". *Commentary* November (1990): 28−33.

Altevers, Nanette. "The Revisionary Company: Harold Bloom's 'Last Romanticism'".

New Literary History 23 (1992): 363—373.

Arnold, Matthew. *Essays in Criticism*. London: Macmillan and Co., 1865.

Arnold, Matthew. *Essays in Criticism*, *Series II*. London: Macmillan and Co., 1906.

Arnold, Matthew. *Culture and Anarchy*. Oxford: Oxford University Press, 2006.

Axelrod, Steven Gould. "Harold Bloom's Enterprise". *Modern Philology* No. 3 (February 1984): 290—297

Bate, W. Jackson. *The Burden of the Past and the English Poet*. Cambridge: The Belknap Press, 1970.

Beach, Christopher. "Ezra Pound and Harold Bloom: Influences, Canons, Traditions, and the Making of Modern Poetry". *ELH* 56:2 (Summer 1989): 463—483.

Bloom, Harold. "A New Poetics". *The Yale Review* 47:1 (1957): 130—133.

Bloom, Harold. *Shelley's Mythmaking*. New Haven: Yale University Press, 1959.

Bloom, Harold. *The Visionary Company*: *A Reading of English Romantic Poetry*. New York: Doubleday, 1961.

Bloom, Harold. *Blake's Apocalypse*: *A Study in Poetic Argument*. New York: Doubleday, 1963.

Bloom, Harold. *Yeats*.Oxford: Oxford University Press, 1970.

Bloom, Harold. *Romanticism and Consciousness*. New York: W. W. Norton, 1970.

Bloom, Harold. *The Ringers in the Tower*: *Studies in Romantic Tradition*. Chicago: The University of Chicago Press, 1971.

Bloom, Harold. *The Anxiety of Influence*: *A Theory of Poetry*. New York: Oxford University Press, 1973.

Bloom, Harold. *A Map of Misreading*. Oxford: Oxford University Press, 1975.

Bloom, Harold. *Poetry and Repression*: *Revisionism from Blake to Stevens*. New

Haven: Yale University Press, 1976.

Bloom, Harold. *Kabbalah and Criticism*. London: Continuum, 2005.

Bloom, Harold. *Poetry and Repression*: *Revisionism from Blake to Stevens*. New Haven: Yale University Press, 1976.

Bloom, Harold. *Figures of Capable Imagination*. New York: Seabury Press, 1976.

Bloom, Harold. *Wallace Stevens*. Ithaca, New York: Cornell University Press, 1977.

Bloom, Harold. *Deconstruction and Criticism*. London: Routledge & Kegan Paul, 1979

Bloom, Harold. *The Flight to Lucifer*: *Gnostic Fantasy*. New York: Vintage Books, 1980.

Bloom, Harold. *The Breaking of the Vessels*. Chicago: The University of Chicago Press, 1982.

Bloom, Harold. *Agon*: *Towards a Theory of Revisionism*. New York: Oxford University Press, 1982.

Bloom, Harold. *Poetics of Influence*. New Haven: Henry R. Shwab, 1988.

Bloom, Harold. *Ruin the Sacred Truths*: *Poetry and Belief from the Bible to the Present*. Cambridge: Harvard University Press, 1989.

Bloom, Harold and David Rosenberg. *The Book of J*. New York: Grove Weidenfeld, 1990.

Bloom, Harold. *The American Religion*: *The Emergence of the Post-Christian Nation*. New York: Touchstone Books, 1992.

Bloom, Harold. *The Western Canon*: *The Books and School of the Ages*. New York: Harcourt Brace, 1994.

Bloom, Harold. *Omens of Millennium*: *The Gnosis of Angels, Dreams, and*

Resurrection. New York: Riverhead Books, 1996.

Bloom, Harold. *Shakespeare*: *The Invention of the Human*. New York: Riverhead Books, 1998.

Bloom, Harold. *How to Read and Why*. New York: Touchstone Books, 2000.

Bloom, Harold. *Stories and Poems for Extremely Intelligent Children of All Ages*. New York: Scribner, 2001.

Bloom, Harold. *Genius*: *A Mosaic of One Hundred Exemplary Creative Minds*. New York: Warner Books, 2003.

Bloom, Harold. *Hamlet*: *Poem Unlimited*. New York: Riverhead Books, 2003.

Bloom, Harold. *Where Shall Wisdom Be Found*? New York: Riverhead Books, 2004.

Bloom, Harold. *Jesus and Yahweh*. New York: Riverhead Books, 2005.

Bloom, Harold. *The Anatomy of Influence*. New Haven: Yale University Press, 2011.

Bloom, Harold. *The Daemon Knows*. New Haven: Yale University Press, 2015.

Bloom, Harold. *Possessed by Memory*. New York: Knof, 2019.

Booth, Wayne. *The Rhetoric of Fiction*. Chicago: The University of Chicago Press, 1983.

Booth, Wayne. *The Company We Keep*: *An Ethics of Fiction*. Berkeley: University of California Press, 1988.

Bruss, Elizabeth. *Beautiful Theories*: *The Spectacle of Contemporary Criticism*. Baltimore: The Johns Hopkins University Press, 1982.

Burke, Kenneth. *A Grammar of Motives*. Berkeley: University of California Press, 1969.

Carr, Raymond. "How to Read and Why by Harold Bloom". *Spectator* 285:8974 (August 2000): 29.

Corder, Jim W. "Little Notes about Interpretation, Harold Bloom, the Topoi, and the Oratio". *College English* No. 3 (March 1986): 243—248.

Culler, Jonathan. *On Deconstruction*. Ithaca: Cornell University Press, 1982.

Culler, Jonathan. *Literary Theory: A Very Short Introduction*. Oxford: Oxford University Press, 2011.

Curran, Stuart. *The Cambridge Companion to British Romanticism*. Cambridge: Cambridge University Press, 1993.

Danson, Lawrence. "Review of Harold Bloom's Shakespeare". *Shakespeare Quarterly* 54:1 (Spring 2003): 127—133.

De Bolla, Peter. *Harold Bloom: Towards Historical Rhetorics*. London: Routledge, 1988.

De Man, Paul. "The Anxiety of Influence: A Theory of Poetry (Book Review)". *Comparative Literature* 26:3 (1974): 269—275.

De Man, Paul. *Allegories of Reading*. New Haven: Yale University Press, 1979.

De Man, Paul. *Blindness and Insight*. New York: Oxford University Press, 1971.

Desmet, Christy and Robert Sawyer, eds. *Harold Bloom's Shakespeare*. New York: Palgrave, 2001.

Dooley, David. "Bloom and the Canon". *The Hudson Review* 48:2 (Summer 1995): 333—338.

Davis, Robert Con. *Contemporary Literary Criticism: Modernism through Poststructualism*. New York: Longman, 1986.

Eagleton, Terry. *Figures of Dissent*. London: Verso, 2003.

Eiland, Howard. "Harold Bloom and High Modernism." *Boundary* 25:3 (1977): 935—942.

Fite, David. *Harold Bloom*: *the Rhetoric of Romantic Vision*. Amherst: The University of Massachusetts Press, 1985.

Frosch, Thomas. "Harold Bloom, A Map of Misreading (Book Review)". *Wordsworth Circle* 6:3 (Summer 1975): 183−187.

Frye, Northrop. *Fables of Identity*. New York: Harcourt, Brace & World, 1963.

Frye, Northrop. *Fearful Symmetry*: *A Study of William Blake*. Princeton: Princeton University Press, 1947.

Gillespie, Stuart. "The Bible as Literature". *Cambridge Quarterly* 19:3 (1990): 265−270.

Giovanni, Nikki, etc. "Harold Bloom's Charge That Multiculturalism in American Poetry is a Mask for Mediocrity". *The Journal of Blacks in Higher Education* No. 21 (Autumn 1998): 111−113.

Gohlke, Madelon. "Harold Bloom, Figures of Capable Imagination". *Wordsworth Circle* 8:3 (Summer 1977): 247−249.

Grossman, Allen. "Harold Bloom's Yeats". *Virginia Quarterly Review* 46:3 (Summer 1970): 520−525.

Hartman, Geoffrey. *The Fate of Reading and Other Essays*. Chicago: The University of Chicago Press, 1975.

Hartman, Geoffrey. *Criticism in the Wilderness*: *The Study of Literature Today*. New Haven: Yale University Press, 1980.

Helmling, Steven. "Harold Bloom's Critical Sublime". *Kenyon Review* 12:3 (Summer 1990): 154−168.

Horstmann, Ulrich. "The Over-Reader: Harold Bloom's Neo-Darvinian Revisionism". *Poetics* 12 (1983): 139−149.

Jameson, Frederic. *Postmodernism or The Cultural Logic of Late Capitalism*. Durham: Duke University Press, 1991.

Kermode, Frank. *Romantic Image*. London: Routledge & Kegan Paul, 1957.

Lentricchia, Frank. *After the New Criticism*. Chicago: The University of Chicago Press, 1980.

Kincaid, James R. "Antithetical Criticism, Harold Bloom, and Victorian Poetry". *Victorian Poetry* 14:4 (Winter 1976): 365—382.

Krieger, Murray. *The Theory of Criticism: A Tradition and Its System*. Baltimore: Johns Hopkins University Press, 1978.

Lodge, David. *20th Century Literary Criticism*. London: Routledge, 1972.

Lyons, Donald. "A Review of Shakespeare." *Commentary* 107:4 (April 1999): 53—56.

McGowan, John. *Postmodernism and Its Critics*. Ithaca: Cornell University Press, 1991.

Miller, J. Hillis. *Fiction and Repetition: Seven English Novels*. Cambridge: Harvard University Press, 1985.

Miller, J. Hillis. *The Ethics of Reading*. New York: Columbia University Press, 1987.

Miller, J. Hillis. *On Literature*. London: Routledge, 2002.

Melville, Stephen. "Reading Bloom". *Chicago Review* 28:1 (Summer 1976): 133—146.

Mileur, Jean-Pierre. *Literary Revisionism and the Burden of Modernity*. Berkeley: University of California Press, 1985.

Moynihan, Robert. *A Recent Imagining*. North Haven: Archon Books, 1986.

Mulryne, J. R. "Yeats". *Modern Language Review* 69:3 (July 1974): 629—630.

Neuhaus, Richard John. "The American Religion by Harold Bloom". *Commentar* 94:3

(1992): 57—58.

Norris, Christopher. *Deconstruction: Theory and Practice*. London: Routledge, 2002.

Norris, Christopher. "Harold Bloom: A Poetics of Reconstruction". *British Journal of Aesthetics* 20:1 (1980): 67—76.

O'Hara, Daniel. "A Review of Agon: Towards a Theory of Revisionism". *Criticism*, 24:3 (Summer 1982): 297—300.

Ozick, Cynthia. "Judaism and Harold Bloom". *Commentary* 67:1 (January 1979): 43—51.

Polansky, Steve. "A Family Romance-Northrop Frye and Harold Bloom: Study of Critical. Influences". *Boundary* 29:2 (Winter 1981): 227—246.

Rawes, Alan and Jonathon Shears. *Reading, Writing and the Influence of Harold Bloom*. Manchester: Manchester University Press, 2010.

Richards, I. A. *Principles of Literary Criticism*. London: Routledge & Kegan Paul, 1924.

Salusinszky, Imre. *Criticism in Society*. London: Mehuen, 1986.

Silver, Daniel J. "A Review of The Western Canon". *Commentary* 98:6 (December 1994): 60—64

Trilling, Lionel. *The Liberal Imagination*. Oxford: Oxford University Press, 1981.

Varadharajan, Asha. "The Unsettling Legacy of Harold Bloom's *Anxiety of Influence*." *Modern Language Quarterly* 69:4 (December 2008): 461—480.

Vico, Giambattista. *The First New Science*. Cambridge: Cambridge University Press, 2002.

Weiskel, Thomas. "Harold Bloom, The Anxiety of Influence". *Wordsworth Circle* 4:3 (Summer 1973): 179—182.

Weisman, Karen. "Birthing an ecstatic anxiety: Harold Bloom's Western Canon and Its Readers". *Salmagundi* 112 (Fall 1996): 216−225.

White, Hayden. *Metahistory*. Baltimore: The Johns Hopkins University Press, 1973.

中文文献

［美］艾布拉姆斯：《镜与灯：浪漫主义文论及批评传统》，郦稚牛等译，北京：北京大学出版社2004年版。

［美］艾布拉姆斯：《文学术语汇编》（第7版），北京：外语教学与研究出版社2004年版。

［英］爱德华·杨格等：《试论独创性作品》，袁可嘉译，北京：人民文学出版社1963年版。

［德］爱克曼：《歌德谈话录》，朱光潜译，北京：人民文学出版社1978年版。

艾洁：《哈罗德·布鲁姆文学批评理论研究》，山东大学博士学位论文，2011年。

艾洁：《论哈罗德·布鲁姆误读理论中的弗洛伊德元素》，载《山东社会科学》2010年第3期。

艾士薇：《传统与个人才能与〈影响焦虑〉之比较》，载《世界文学评论》2007年第1期。

昂智慧：《保尔·德曼、"耶鲁学派"与"解构主义"》，载《外国文学》2003年第6期。

昂智慧：《文本与世界：保尔·德曼文学批评理论研究》，上海：上海人民出版社2009年版。

白书藏:《哈罗德·布鲁姆的文学经典观研究》,河北师范大学硕士学位论文,2010年。

[苏]巴赫金、沃洛希诺夫:《弗洛伊德主义》,上海:佟景韩译,上海文艺出版社1988年版。

[希]柏拉图:《文艺对话集》,朱光潜译,北京:人民文学出版社1963年版。

车文博:《弗洛伊德文集2》,长春:长春出版社2010年版。

陈静:《文学传统和经典理论概述》,载《咸宁学院学报》2009年第4期。

陈静:《省思文学传统和经典:从艾略特到布鲁姆》,载《理论月刊》2010年第7期。

陈静:《文学的"陌生化"理论:从什克洛夫斯基到布鲁姆》,载《咸宁学院学报》2010年第11期。

陈晓明:《"憎恨学派"或"后左翼"的新生》,载《当代文坛》2006年第1期。

[美]大卫·格里芬等:《超越解构:建设性后现代哲学的奠基者》,鲍世斌等译,北京:中央编译出版社2002年版。

[德]狄特富尔特:《人与自然》,周美琪译,北京:生活·读书·新知三联书店1993年版。

[法]蒂费纳·萨莫瓦约:《互文性研究》,邵炜译,天津:天津人民出版社2003年版。

方成:《精神分析与后现代批评话语》,北京:中国社会科学出版社2001年版。

方生:《后结构主义文论》,济南:山东教育出版社1999年版。

[法]福柯等:《激进的美学锋芒》,周宪译,北京:中国人民大学出版社2003年版。

[美]弗雷德里克·透纳:《艺术往哪里去》,帅慧芳译,载《艺术百家》2011年第1期。

[奥]弗洛伊德:《精神分析引论》,高觉敷译,北京:商务印书馆1984年版。

[奥]弗洛伊德:《释梦》,孙名之译,北京:商务印书馆2011年版。

高永:《站在不同擂台上的对手——哈罗德·布鲁姆与"憎恨学派"》,载《江汉论坛》2009年第5期。

高永:《"是他创造了我们"——哈罗德·布鲁姆的莎士比亚研究之二》,载《衡水学院学报》2010年第2期。

高永:《哈罗德·布鲁姆诗学在中国》,载《衡水学院学报》2012年第2期。

耿国丽:《从〈影响的焦虑〉看于坚拒绝隐喻的诗歌创作理论》,载《大众文艺》2009年第9期。

古克平、张跃军:《"是人在写诗,是人在思考"——布鲁姆与德里达关于诗人自我之争》,载《四川外语学院学报》2003年第6期。

顾星欣:《保守的经典观与自由的审美观——布鲁姆"正典"说中的悖论》,载《文教资料》2008年第28期。

郭云:《影响的焦虑与强力误读——论哈罗德·布鲁姆与弗洛伊德的思想承继关系》,载《时代文学》(下半月)2011年第7期。

[美]哈罗德·布鲁姆:《批评、正典结构与预言》,吴琼译,北京:中国社会科学出版社2000年版。

[美]哈罗德·布鲁姆:《如何读,为什么读》,黄灿然译,南京:译林出版社2011年版。

[美]哈罗德·布鲁姆:《误读图示》,朱立元、陈克明译,天津:天津人民出版社2005年版。

[美]哈罗德·布鲁姆:《西方正典》,江宁康译,南京:译林出版社2011

年版。

[美]哈罗德·布鲁姆:《影响的焦虑》,徐文博译,南京:江苏教育出版社2005年版。

[美]哈罗德·布鲁姆等:《读诗的艺术》,王敖译,南京:南京大学出版社2010年版。

郝岚:《重申文学经典的审美自主性——从哈罗德·布鲁姆的〈西方正典〉说起》,载《文艺理论与批评》2010年第6期。

[美]汉斯·约纳斯:《诺斯替宗教:异乡神的信息与基督教的开端》,张新樟译,上海:上海三联书店2006年版。

黄念然:《当代西方文论中的互文性理论》,载《外国文学研究》1999年第1期。

[德]黑格尔:《美学(第一卷)》,朱光潜译,北京:商务印书馆1997年版。

胡宝平:《论布鲁姆"诗学误读"》,载《国外文学》1999年第4期。

胡宝平:《诗学误读·互文性·文学史》,载《国外文学》2004年第3期。

胡宝平:《布鲁姆"诗学误读"理论与互文性的误读》,载《外语教学》2005年第2期。

胡水清:《追寻失落的经典——从哈罗德·布鲁姆的经典观中探析经典的本质特征》,载《榆林学院学报》2009年第3期。

胡燕春:《解构主义对于新批评派的承续与超越》,载《北京航空航天大学学报(社会科学版)》2010年第4期。

[美]J.希利斯·米勒:《解读叙事》,申丹译,北京:北京大学出版社2002年版。

金元浦:《接受反应文论》,济南:山东教育出版社1998年版。

江宁康:《评当代美国文学批评中的唯美主义倾向——哈罗德·布鲁姆的文

学批评思想研究》，载《江苏社会科学》2005年第3期。

江宁康：《文学经典的传承与论争——评哈罗德·布鲁姆的〈西方正典〉与美国新审美批评》，载《文艺研究》2007年第5期。

[美] 杰弗里·哈特曼：《荒野中的批评：关于当代文学的研究》，张德兴译，天津：天津人民出版社2008年版。

金永兵、陈曦：《文学经典的阐释与美国精神的建构——哈罗德·布鲁姆"文学经典"理论解析》，载《北京大学学报（哲学社会科学版）》2011年第4期。

金永兵：《哈罗德·布鲁姆"文学经典"论的精神阐释》，《汉语言文学研究》2011年第1期。

[德] 卡西尔：《符号·神话·文化》，李小兵译，北京：东方出版社1988年版。

[德] 卡西尔：《人论》，甘阳译，上海：上海译文出版社1985年版。

[德] 康德：《判断力批判》，邓晓芒译，北京：人民出版社2002年版。

[英] 拉曼·塞尔登：《文学批评理论：从柏拉图到现在》，刘象愚等译，北京：北京大学出版社2000年版。

毛思敏：《布鲁姆的"误读"理论》，山东师范大学硕士学位论文，2006年。

寇瑞娟：《"误读"是诗歌创新的基源：浅谈布鲁姆〈影响的焦虑〉的"误读"理论》，载《牡丹江大学学报》2010年第9期。

[美] 勒内·韦勒克、奥斯汀·沃伦：《文学理论》，刘象愚等译，杭州：浙江人民出版社2017年版。

[美] 勒内·韦勒克：《近代文学批评史（第四卷）》，杨自伍译，上海：上海译文出版社2009年版。

[美] 勒内·韦勒克：《近代文学批评史（第五卷）》，杨自伍译，上海：上

海译文出版社2009年版。

［美］勒内·韦勒克：《批评的诸种概念》，罗纲等译，上海：上海人民出版社1988年版。

［美］理查德·罗蒂：《后哲学文化》，黄勇编译，上海：上海译文出版社1992年版。

李公明：《布鲁姆的"焦虑"》，载《读书》1992年第1期。

李梦馨：《作为"经典中心"的中心——论〈哈姆雷特〉》，载《南方文坛》2011年第1期。

李琪：《"误读"之维：布鲁姆的诗歌批评》，载《作家》2010年第2期。

李戎：《美学概论》，济南：齐鲁书社1999年版。

李伟民：《在西方正典的旗帜下：哈罗德·布鲁姆对莎士比亚的阐释》，载《戏剧艺术》2011年第5期。

李衍柱：《西方美学经典文本导读》，北京：北京大学出版社2006年版。

林成川：《诗之辩护抑或诗之驱逐？——布鲁姆"误读"理论试析》，浙江大学硕士学位论文，2009年。

梁工：《"仅次于莎士比亚戏剧的文学经典"——哈罗德·布鲁姆论"J"书》，载《外国文学评论》2008年第4期。

梁工：《上帝=文学人物：哈罗德·布鲁姆的圣经解读》，载《博览群书》2008年第8期。

梁晓萍：《互文性理论的形成与变异——从巴赫金到布鲁姆》，载《山西师大学报（社会科学版）》2009年第4期。

刘峰：《伊格尔顿评布鲁姆的新著〈如何阅读和为什么〉》，载《国外文学》2001年第2期。

柳鸣九：《从现代主义到后现代主义》，北京：中国社会科学出版社1994

年版。

刘若端：《十九世纪英国诗人论诗》，北京：人民文学出版社1984年版。

刘意青：《〈圣经〉的文学阐释：理论与实践》，北京：北京大学出版社2004年版。

龙荣培等：《浅析〈西方正典〉的对抗性批评及其启示》，载《科技信息》2010年第35期。

陆建德：《思想背后的利益：文化政治评论集》，桂林：广西师范大学出版社2005年版。

陆扬：《精神分析文论》，济南：山东教育出版社1998年版。

陆扬：《经典与误读》，载《文学评论》2009年第2期。

罗杰鹦：《布鲁姆的"互文性"和〈曼斯菲尔德公园〉》，载《浙江师大学报》2000年第1期。

罗杰鹦：《德曼与布鲁姆解构阅读法之比较》，载《思想战线》2004年第1期。

罗杰鹦：《近15年来我国哈罗德·布鲁姆理论研究》，载《外国文学研究》2006年第3期。

罗杰鹦：《哈罗德·布鲁姆理论在中国的接受与研究》，载《思想战线》2007年第1期。

[法] 罗兰·巴特：《S/Z》，屠友祥译，上海：上海人民出版社2000年版。

[法] 罗兰·巴特：《罗兰·巴特随笔选》，怀宇译，天津：百花文艺出版社2005年版。

[法] 罗兰·巴尔特：《写作的零度》，李幼蒸译，北京：中国人民大学出版社2008年版。

马驰：《"新马克思主义"文论》，济南：山东教育出版社1998年版。

［英］马修·阿诺德：《文化与无政府状态：政治与社会批评》，韩敏中译，北京：生活·读书·新知三联书店2002年版。

［德］瑙曼等：《作品、文学史与读者》，范大灿编，北京：文化艺术出版社1997年版。

［德］尼采：《悲剧的诞生》，周国平译，北京：生活·读书·新知三联书店1986年版。

［德］尼采：《查拉斯图拉如是说》，尹溟译，北京：文化艺术出版社1987年版。

［德］尼采：《古修辞学描述》，屠友祥译，上海：上海人民出版社2001年版。

［德］尼采：《历史的用途和滥用》，陈涛等译，上海：上海人民出版社2000年版。

［德］尼采：《论道德的谱系》，周红译，北京：生活·读书·新知三联书店1992年版。

［德］尼采：《权力意志》，张念东、凌素心译，北京：商务印书馆2000年版。

［德］尼采：《权力意志》，孙周兴译，北京：商务印书馆2007年版。

［加］诺思罗普·弗莱：《批评的剖析》，陈慧等译，天津：百花文艺出版社1998年版。

［法］皮埃尔·布迪厄：《艺术的法则：文学场的生成和结构》，刘晖译，北京：中央编译出版社2001年版。

［美］乔纳森·卡勒：《结构主义诗学》，盛宁译，北京：中国社会科学出版社1991年版。

［美］乔纳森·卡勒：《论解构》，陆扬译，北京：中国社会科学出版社1998年版。

［美］乔纳森·卡勒：《文学理论》，李平译，沈阳：辽宁教育出版社1998

年版。

钱文亮：《布鲁姆的影响诗学与修正理论》，载《中华读书报》2001年6月27日。

[英] 瑞恰慈：《文学批评原理》，杨自伍译，南昌：百花洲文艺出版社1997年版。

盛宁：《二十世纪美国文论》，北京：北京大学出版社1993年版。

[德] 索伦：《犹太教神秘主义主流》，涂笑非译，成都：四川人民出版社2000年版。

孙康宜：《我曾卷入四次论战——哈罗德·布鲁姆访谈》，载《书城》2003年第11期。

汤拥华：《为了孤独的阅读——哈罗德·布鲁姆读记》，载《艺术广角》2011年第5期。

陶东风：《文学理论基本问题》，北京：北京大学出版社2004年版。

陶东风：《文学史哲学》，郑州：河南人民出版社1994年版。

[英] 特里·伊格尔顿：《文学原理引论》，刘峰译，北京：文化艺术出版社1987年版。

童庆炳、陶东风：《文学经典的建构、解构和重构》，北京：北京大学出版社2007年版。

童庆炳等：《文学理论教程》，北京：高等教育出版社2004年版。

[英] 托·斯·艾略特：《艾略特文学论文集》，李赋宁译，南昌：百花洲文艺出版社1994年版。

[英] 锡德尼：《为诗辩护》，钱学熙译，北京：人民文学出版社1964年版。

王潮：《后现代主义的突破——外国后现代主义理论》，兰州：敦煌文艺出版社1996年版。

王逢振:《怪才布鲁姆》,载《外国文学》2000年第6期。

王化学:《外国文学简史》,济南:山东教育出版社1992年版。

王瑾:《互文性》,桂林:广西师范大学出版社2005年版。

王敬民:《哈罗德·布鲁姆诗学轨迹探析》,载《学术交流》2010年第1期。

王敬民:《省思传统:从T.S.艾略特到H.布鲁姆》,载《求索》2009年第11期。

王敏:《"影响的焦虑"背后的权力意志——布鲁姆误读理论的主体性特征》,载《华南师范大学学报(社会科学版)》2011年第5期。

王敏:《解构主义误读理论的发展历程》,载《安徽师范大学学报(人文社会科学版)》,2011年第2期。

王敏琴:《〈影响的焦虑〉之误读》,载《湖南大学学报(社会科学版)》2003年第1期。

王瑞瑞:《布鲁姆的正典理论》,福建师范大学硕士学位论文,2011年。

王宁:《分解主义批评在美国》,载《理论与创作》1988年第2期。

王宁:《耶鲁批评家对中国当代文学批评的启示》,载《中国图书评论》2008年第11期。

王宁:《哈罗德·布鲁姆和他的"修正式"批评理论》,载《南方文坛》2002年3月。

王宁:《误读与文学经典的修正和重构——哈罗德·布鲁姆的"修正主义"批评理论再探》,载《文艺理论研究》2008年第2期。

王妍、郜元宝:《过度学术化的批评本质上就是放弃文学》,载《辽宁日报》2011年4月1日。

王祖友:《"耶鲁学派"阅读观》,载《黑河学刊》2010年第2期。

王先霈、王又平:《文学理论批评术语汇释》,北京:高等教育出版社2006

年版。

王岳川、尚水:《后现代主义文化与美学》,北京:北京大学出版社1992年版。

王岳川:《后殖民主义与新历史主义文论》,济南:山东教育出版社1999年版。

吴持哲:《诺思洛普·弗莱文论选集》,北京:中国社会科学出版社1997年版。

伍蠡甫:《西方古今文论选》,上海:复旦大学出版社1984年版。

吴琼:《强力批评家布鲁姆》,载《中华读书报》2001年6月27日。

[美] 希利斯·米勒:《文学死了吗》,秦立彦译,桂林:广西师范大学出版社2007年版。

徐静:《哈罗德·布鲁姆教授访谈录(英文)》,载《外国文学研究》2006年第5期。

徐文博:《六种修正比——评布鲁姆的"逆反"诗论》,载《深圳大学学报(人文社会科学版)》1991年第3期。

夏之放:《论块垒——文艺理论元问题研究》,北京:人民出版社2007年版。

[法] 雅克·德里达:《论文字学》,汪家堂译,上海:上海译文出版社1999年版。

[法] 雅克·德里达:《书写与差异》,张宁译,北京:生活·读书·新知三联书店2001年版。

[古希腊] 亚里士多德:《诗学》,陈中梅译注,北京:商务印书馆1996年版。

闫爱华:《"误读理论"之解析——对解释学的一种反思》,载《艺术探索》2008年第6期。

杨存昌:《初叩美学之门》,北京:中国文联出版社2001年版。

杨存昌：《中国美学三十年》，济南：济南出版社2010年版。

杨大春：《文本的世界——从结构主义到后结构主义》，北京：中国社会科学出版社1998年版。

杨守森：《艺术境界论》，上海：上海人民出版社2008年版。

杨周翰：《忧郁的解剖》，天津：天津人民出版社1998年版。

[英] 伊格尔顿：《二十世纪西方文学理论》，伍晓明译，西安：陕西师范大学出版社1986年版。

[英] 以赛亚·伯林：《浪漫主义的根源》，吕梁等译，南京：译林出版社2008年版。

余石屹：《"误读"的意义》，载《读书》1990年第3期。

曾洪伟：《哈罗德·布鲁姆论蒙田和莫里哀——兼谈其文本批评实践的特点和启示意义》，载《世界文学评论》2009年第2期。

曾洪伟：《当代美国文学批评领域的反多元文化主义潮流与论争——以哈罗德·布鲁姆为代表和中心》，载《东方丛刊》2009年第4期。

曾宏伟：《经典能这样误读吗——就〈经典与误读〉一文与陆扬先生商榷》，载《学术界》2009年第5期。

曾宏伟：《在Canon与Classic之间：哈罗德·布鲁姆经典观特征管窥》，载《广西社会科学》2009年第6期。

曾洪伟：《〈批评、正典结构与预言〉中译本指谬——兼及哈罗德·布鲁姆其他论著的翻译》，载《学术界》2010年第4期。

曾洪伟：《哈罗德·布鲁姆是耶鲁学派成员吗？》，载《名作欣赏》2010年第26期。

曾宏伟：《"陌生化"误读二种献疑——从俄国形式主义到哈罗德·布鲁姆》，载《文艺争鸣》2011年第17期。

曾洪伟：《哈罗德·布鲁姆是解构主义者吗？——哈罗德·布鲁姆理论身份问题研究》，载《名作欣赏》2011年第36期。

曾洪伟：《哈罗德·布鲁姆文学理论研究》，成都：四川大学出版社2010年版。

张景超：《也说"误读"》，载《文艺评论》1998年第5期。

张龙海：《哈罗德·布鲁姆教授访谈录》，载《外国文学》2004年第4期。

张龙海：《哈罗德·布鲁姆与对抗式批评》，载《国外理论动态》2005年第1期。

张龙海：《哈罗德·布鲁姆论莎士比亚》，载《戏剧（中央戏剧学院学报）》2009年第3期。

张龙海：《哈罗德·布鲁姆论"误读"》，载《当代外国文学》2010年第2期。

张宏涛：《论哈罗德·布鲁姆的诗质崇高》，河南大学硕士学位论文，2006年。

张京媛：《当代女性主义文学批评》，北京：北京大学出版社1992年版。

张秋彤：《影响的焦虑——哈罗德·布鲁姆解构批评初探》，东北师范大学硕士学位论文，2004年。

张秋彤：《大文本主义的解构叛逆——哈罗德·布鲁姆》，载《时代文学》（下半月）2009年第3期。

张舒慧、韩璐：《审美经典　经典审美——从〈论经典〉看哈罗德·布鲁姆的经典观》，载《社会科学论坛（学术研究卷）》2008年第6期。

张跃军、古克平：《布鲁姆早期浪漫主义诗歌理论初探》，载《山东外语教学》2004年第3期。

张中载：《误读》，载《外国文学》2004年第1期。

张新樟：《"诺斯"与拯救：古代诺斯替主义的神话、哲学与精神修炼》，北京：生活·读书·新知三联书店2005年版。

赵一凡等：《西方文论关键词》，北京：外语教学与研究出版社2006年版。

赵毅衡：《"新批评"文集》，北京：中国社会科学出版社1988年版。

赵亚珉：《布鲁姆的"误读"理论再阐释》，载《晋阳学刊》2004年第1期。

郑伟：《布鲁姆的经典悲歌——解读〈西方正典〉》，载《凯里学院学报》2009年第4期。

郑晓韵：《重估浪漫主义——从哈罗德·布鲁姆的浪漫主义研究谈起》，载《宁夏社会科学》2009年第3期。

郑晓韵：《哈罗德·布鲁姆影响焦虑理论和身份诉求》，载《天府新论》2009年第2期。

支宇：《"反本质主义"文艺学是否可能？——评一种新锐的文艺学话语》，载《文艺理论研究》2006年第6期。

周波：《中国美学思想阐释》，天津：天津古籍出版社1997年版。

周均平：《美学探索》，济南：山东文艺出版社2003年版。

周新顺：《"误读"之辨误》，载《文史哲》2008年第3期。

朱刚：《二十世纪西方文艺批评理论》，上海：上海外语教育出版社2001年版。

朱立元：《当代西方文艺理论》，上海：华东师范大学出版社1997年版。